BOLA DE SEBO E OUTRAS NARRATIVAS

Guy de Maupassant

BOLA DE SEBO E
OUTRAS NARRATIVAS

Tradução
Enid Yatsuda Frederico

Edição aos cuidados de
Cláudia de Arruda Campos,
Enid Yatsuda Frederico,
Walnice Nogueira Galvão
e Zenir Campos Reis

1ª edição

EXPRESSÃO POPULAR

São Paulo – 2013

Copyright © 2013 by Editora Expressão Popular

Revisão: *Maria Elaine Andreoti*
Projeto gráfico e diagramação: *ZAP Design*
Capa: *Marcos Cartum*
Impressão e acabamento: *Paym*

Dados Internacionais de Catalogação-na-Publicação (CIP)

M452b	Maupassant, Guy de, 1850-1893
	    Bola de sebo e outras narrativas. / Guy de Maupassant ;
	tradução de Enid Yatsuda Frederico.—1.ed.—São Paulo :
	Expressão Popular, 2013.
	    130 p.
	
	    Indexado em GeoDados - http://www.geodados.uem.br.
	    ISBN 978-85-7743-221-9
	
	    1. Literatura francesa. 2. Ficção francesa. I. Frederico,
	Enid Yatsuda, trad. II. Título.
	
	                                                          CDU 840-31
	                                                          CDD 843

Catalogação na Publicação: Eliane M. S. Jovanovich CRB 9/1250

Todos os direitos reservados.
Nenhuma parte deste livro pode ser utilizada
ou reproduzida sem a autorização da editora.

1ª edição: junho de 2013
2ª reimpressão: outubro de 2022

EDITORA EXPRESSÃO POPULAR
Rua Abolição, 197 – Bela Vista
CEP 01319-010 – São Paulo – SP
Tel: (11) 3112-0941 / 3105-9500
livraria@expressaopopular.com.br
www.expressaopopular.com.br
🅵 ed.expressaopopular
🅾 editoraexpressaopopular

SUMÁRIO

LER – COMPARTILHAR...7

O MESTRE DO CONTO E A OBRA-PRIMA......................................11

BOLA DE SEBO...17

ROSALIE PRUDENT...97

LUAR...105

A CONFISSÃO DE THÉODULE SABOT 117

LER – COMPARTILHAR

Uma pessoa, um livro, o silêncio – esta é uma imagem clássica da leitura. Há séculos nossos olhos percorrem os textos sem que externamente nenhum som se manifeste. Mas no íntimo de quem lê, e no entorno da leitura, muitas vozes sussurram. A primeira, de natureza física, é a do próprio leitor, que ouve internamente aquilo que lê em aparente silêncio.

Outras vozes, cuja presença nem sempre percebemos durante a leitura, são aquelas do diálogo constante entre o que diz o texto e as experiências do leitor: experiências de vida e de leitura. Se essa conversa falha ou empaca, empaca a leitura. Ou desistimos imediatamente do texto, achando que ele nada tem a ver com a gente, ou nos interrogamos: o que isso quer dizer? Se a dúvida for de alguma forma resolvida, se encontramos a ponte entre a informação nova e aquilo que somos ou aquilo que já sabemos, o contato prossegue.

Mais vozes: aquelas que nos levaram a determinado texto. Chegamos a uma obra por alguma referência: alguém nos falou dela; tínhamos lido algo a seu respeito, a respeito do autor, do tema, do personagem, do contexto cultural, histórico; ou apenas havíamos dado uma passada de olhos em algum trecho, ou na capa, e fomos chamados para dentro do livro.

Muitas vezes, leitura feita, a nossa voz se externa: temos o desejo de comentar com alguém. Como a pedra jogada na água, os círculos se expandem, ondas de vozes, levando e trazendo novas leituras.

Promover leitura passa por ajudar a perceber essas vozes e colocá-las em ação. Para isso pode haver bons exercícios, mas nada que supere nem dispense a única "técnica" imprescindível – o compartilhar. E esse compartilhamento pode se dar de várias formas, do comentário e sugestão de leituras até o ler com, ler junto, e mesmo o ler para alguém se, por algum motivo, essa pessoa não pode decifrar a letra ou as vozes do texto.

Ler com. Algumas imagens de leitura, que não a do isolamento, aparecem em quadros e gravuras antigas: duas pessoas leem juntas o mesmo livro. E essas imagens não passam a ideia de compartilhamento forçado, mas de calorosa intimidade. Duas ou mais pessoas lendo o mesmo texto, ainda que cada uma tenha seu próprio exemplar em mãos, parece esbater a frieza ou insegurança de que alguns se ressentem na leitura inteiramente individualizada. Ler, interromper, comentar, perguntar, rir ou se emocionar em companhia podem ser meios estimulantes para o melhor aproveitamento, seja de um texto envolvente, seja de um texto que requisite maior esforço.

Ler para. Outras imagens reforçam a ideia de compartilhamento: um adulto lê, ou conta histórias para a criança pequena; um círculo de pessoas, olhos e ouvidos ávidos dirigidos a um contador de histórias. As duas situações relacionam-se, geralmente, a estágios em que não se tem ainda acesso aos mistérios da escrita e nos quais a transmissão tem que se fazer pela oralidade. Embora presas a um tempo superado, ou a ser superado para se chegar à leitura, essas situações têm alguma coisa a nos sugerir. O encantamento do ouvir pode, em certas situações, estimular o ler. Explica-se: a história narrada, o poema declamado, o discurso proferido, a aula, todas essas modalidades baseadas na comunicação oral, permitem que se vá processando a apropriação de formas, estruturas, tons, o reconhecimento de assuntos e gêneros. Isso é importante para que o leitor (ou futuro leitor) vá adquirindo segurança, sentindo-se pisar num terreno que não é inteiramente desconhecido. Daí talvez o fato de que a leitura em voz alta permita uma maior compreensão de um trecho mais difícil. O som das palavras nos torna familiar aquele mundo que nos é transmitido.

Qualquer das vozes que acompanham a leitura só se fixa em nós se a ouvimos e distinguimos verdadeiramente. Isso demanda tempo e atenção, que são sempre variáveis: cada leitor, assim como cada texto, tem um ritmo próprio. Promover leitura entendendo-a como um compartilhamento pressupõe o respeito pelos ritmos e a aceitação dos vários movimentos que ocorrem nessa prática, tais como divagar e voltar ao texto; perguntar-se e resolver; voltar atrás e reler; interromper e continuar.

Cláudia de Arruda Campos

O MESTRE DO CONTO
E A OBRA-PRIMA

Guy de Maupassant[1], discípulo de Flaubert[2], escrevia desde muito cedo, mas, tendo prometido ao rigoroso mestre não publicar suas primeiras produções, só mais tarde, aos 30 anos, faz-se co-

---

[1] Henri René Albert Guy de Maupassant (1850-1893) nasceu, provavelmente, no castelo de Miromesnil, Normandia, filho de Gustave de Maupassant, pertencente a uma família aristocrática decadente. Após a separação dos pais, vive com a mãe, Laure Le Poittevin, neurótica mas culta, amiga de Flaubert, já consagrado romancista, que cuida da formação literária do jovem. Faz seus estudos em Yvetot e em Ruão, seguindo para Paris em 1869. Deflagrada a guerra franco-prussiana, é recrutado em 1870 e desmobilizado em 1871. Frequenta as rodas literárias e, em 1880, publica um livro de versos e o conto "Bola de Sebo". Fica famoso e rico, tem inúmeras amantes, mas a sífilis já se manifestava. Viaja muito e escreve muito. Cai em profunda depressão e tenta o suicídio, sendo internado num sanatório, com a mente devastada. Morre em 1893.

[2] Gustave Flaubert (1821-1880) é considerado um dos maiores romancistas do Ocidente, autor de *Madame Bovary*, *Salammbô*, *Educação sentimental* e outros. Diferentemente de Maupassant, que escrevia um romance por ano, seus romances levavam cinco ou mais anos para virem à luz, dado o perfeccionismo do autor, que burilava cada frase, procurando *"le mot juste"*, isto é, a palavra exata.

nhecer. É bem verdade que publicou dois contos antes, mas sob o pseudônimo de Joseph Prunier.

Desde 1875, introduzido por Flaubert, frequentava as rodas literárias e convivia com Turguéniev, Edmond de Goncourt, Zola, Mirabeau, todos já consagrados escritores do Naturalismo, escola literária de que Maupassant se afasta, porque sempre quis conservar sua autonomia.

Maupassant só se torna efetivamente conhecido em 1880, já maduro literariamente, com a publicação de uma reunião de poesias, *Des vers*, e, principalmente, com o conto "Bola de Sebo", incluída numa antologia de contos com o tema da guerra, *Les soirées de Médan*, de que participavam também Zola, Huysmans, Henry Céard, Léon Hennique e Paul Alexis.

Maupassant escreveu muito – crônica, romance, poesia, peça de teatro, ensaios críticos, reportagens etc. –, entretanto, foi com o conto, gênero que dominava com maestria, que se notabilizou. Escreveu mais de 300 histórias curtas, várias delas trazendo o selo da genialidade.

Praticamente inexistem obras que versem sobre teoria do conto ou literatura fantástica em que seu nome não compareça. "O Horla", "A mão do esfolado", "A cabeleira", entre inúmeros outros, são títulos sempre citados, quando se fala nesse gênero que tem Edgar Allan Poe, E. T. A. Hoffmann e o próprio Maupassant como expoentes.

Foi lido e cultuado dentro e fora da França. Segundo estudiosos, na Rússia, nos 30 anos que se seguiram à Revolução de 1917, foram vendidos mais de quatro milhões de exemplares de suas obras. Nos Estados Unidos rapidamente se tornou o autor estrangeiro mais lido. Turgueniev, Tolstoi, Tchekov, Isaac Babel, Henry James, Joseph Conrad e tantos outros grandes escritores o tinham como mestre do conto.

Entre nós, Mário de Andrade e Monteiro Lobato são seus admiradores confessos. Diz Lobato: "Quero contos como os de Maupassant ou Kipling, contos concentrados em que haja drama ou que deixem entrever dramas. Contos com perspectivas... Ou Kipling ou Maupassant. Não há maiores"[3]. Em 1915, Lobato homenageia seu paradigma, publicando a narrativa intitulada "Meu conto de Maupassant".

Não é somente a escolha do enredo que responde pela qualidade superior dos contos de

---

[3]   LOBATO, Monteiro. *A barca de Gleyre*, 5ªed. São Paulo: Ed. Brasiliense, 1955, t.I, pp. 243-244

Maupassant, mas também, e principalmente, a fluência de sua escrita. Precisão e equilíbrio dão a impressão de que o acontecimento ocorre naturalmente, ocultando a grande elaboração que está por trás da aparente simplicidade; objetivo, aliás, que ele postula como prioritário para um escritor. No prefácio a *Pierre e Jean*, afirma que o romancista deve compor sua obra de maneira tão hábil, tão dissimulada e aparentemente tão simples, que seja impossível perceber e indicar o projeto que a sustenta, ou descobrir as intenções do autor.

De todos os seus contos, "Bola de Sebo" é, sem dúvida, o mais famoso, considerado uma obra-prima por Flaubert e Zola, desde a sua publicação. Até hoje, repercute a história da prostituta que se sacrifica pelo bem de todos e recebe em troca o desprezo. A canção "Geni e o zepelim", que Chico Buarque compôs para a *Ópera do Malandro*[4], tem claras ressonâncias de "Bola de Sebo" e deu origem à expressão "Joga pedra na Geni", empregada hoje para significar situações de descarte cínico depois do uso, tal como ocorre no conto.

---

[4] Chico Buarque baseou seu musical *Ópera do Malandro* (1978) em duas outras óperas: na *Ópera dos três vinténs* (1928), de Bertolt Brecht, e na *Ópera do mendigo* (1728), de John Gay.

Escritor realista, ou, como ele próprio preferia, ilusionista[5], Maupassant utiliza a ironia como seu maior recurso estilístico, para denunciar a hipocrisia da sociedade francesa do final do século XIX, representada pelos ocupantes da diligência, que fogem de Ruão, cidade ocupada pelos prussianos, buscando refúgio no Havre.

A nobreza (o conde e a condessa de Bréville), a alta burguesia (sr. e sra. Carré-Lamadon), a pequena burguesia (sr. e sra. Loiseau) e a ordem religiosa (as duas freiras) são os alvos da ironia demolidora de Maupassant. Mas poderíamos dizer que nem mesmo o democrata (Cornudet) e a prostituta (Elizabeth Rousset, a Bola de Sebo), ainda que agindo como antagonistas àqueles, escapam às suas duras descrições. Há, entretanto, níveis na ironia empregada que deixam transparecer a posição solidária do narrador em relação aos marginalizados por aquela sociedade farisaica. Talvez por isso, Joseph Conrad fala que "este homem escreveu com a plenitude de um coração piedoso".

---

[5] "O realista, se é um artista, buscará mostrar-nos não a fotografia banal da vida, mas dar-nos a visão mais completa, mais cativante, mais convincente que a própria realidade... Assim, concluo que os realistas deveriam chamar-se, de preferência, ilusionistas." MAUPASSANT, Guy. "Le roman", prefácio a *Pierre e Jean*.

Nascido e crescido na Normandia, Maupassant conhece bem a região atravessada pela diligência. E a guerra, ele também a conhece de perto, uma vez que foi recrutado em 1870, assim que estourou a guerra franco-prussiana. Não participou diretamente dos combates, já que prestava serviços de ordem administrativa em Ruão, mas foi testemunha ocular das atrocidades cometidas.

Essa familiaridade com a região – a sua formação social, a cultura normanda e o momento histórico (a guerra franco-prussiana) – forma a base sólida de sua narrativa. A história de Bola de Sebo é exemplar no desmascaramento da hipocrisia, da mesquinharia e do poder de manipulação das classes dominantes.

Daí suas sucessivas publicações, a que também não nos furtamos, certos de que estamos apresentando um autor maior e uma obra-prima.

Enid Yatsuda Frederico

BOLA DE SEBO

Durante muitos dias seguidos, as ruínas do exército derrotado haviam atravessado a cidade. Não eram exatamente tropas, mas hordas[1] em debandada. Os homens tinham a barba longa e suja, as fardas em trapos e avançavam alquebrados, sem bandeiras, sem regimento. Todos pareciam sucumbidos, prostrados, incapazes de um pensamento ou de uma resolução, marchando somente por hábito e desfalecendo de fadiga assim que paravam. Viam-se sobretudo os recrutados[2], gente pacífica, rendeiros[3] tranquilos, dobrando-se ao peso do fuzil; jovens *moblots*[4] alertas, fáceis de se assustarem e de se entusiasmarem, prontos tanto ao ataque quanto à fuga; depois, no meio

---

[1] Hordas: bandos, multidões
[2] Recrutados: que foram alistados no exército
[3] Rendeiros: aqueles que tomam a propriedade rural por arrendamento, isto é, como que alugam a propriedade rural mediante pagamento
[4] *Moblots*: nome popular dado aos soldados da Guarda Nacional Móvel, espécie de milícia formada por civis

deles, alguns culotes vermelhos[5], remanescentes de uma divisão reduzida a pó numa grande batalha; sombrios soldados da artilharia alinhados com os da infantaria; e, algumas vezes, o capacete brilhante de um dragão[6] de passo arrastado que, penosamente, acompanhava a marcha mais ligeira dos soldados da infantaria.

Legiões de francoatiradores[7] com nomes heroicos – "Os vingadores da derrota", "Os cidadãos da tumba", "Os distribuidores da morte" – passavam, por sua vez, com ares de bandidos.

Seus chefes, antigos comerciantes de tecidos ou grãos, ex-mercadores de sebo ou de sabão, guerreiros circunstancialmente, nomeados oficiais por seu dinheiro ou pelo tamanho de seus bigodes, cobertos de armas, de flanela e de galões, falavam alto, discutiam planos de campanha e pretendiam sustentar, sozinhos, a França agonizante sobre seus ombros de fanfarrões. Mas, às vezes, temiam seus próprios soldados, gente malvada, valentões, ladrões e debochados.

---

[5] Culotes vermelhos: referência ao uniforme usado pela infantaria francesa

[6] Dragão: soldados que se deslocam a cavalo, mas combatem a pé

[7] Francoatiradores: aqueles que praticam atos de hostilidade contra o inimigo, sem que pertençam ao exército legalmente constituído

Dizia-se que os prussianos iam entrar em Ruão.

A Guarda Nacional, que, nos últimos dois meses, vinha realizando prudentes manobras de reconhecimento nos bosques vizinhos, fuzilando algumas vezes seus próprios sentinelas e preparando-se para o combate toda vez que um coelhinho se remexia nas moitas, já havia voltado para casa. Suas armas, seus uniformes, todo o aparato mortífero que assustava os viajantes nas estradas num raio de três léguas, tinham desaparecido subitamente.

Os últimos soldados franceses acabavam de atravessar o Sena para chegar a Pont-Audemer, por Saint-Sever e Bourg-Achard; e, marchando atrás de todos, o general, desesperado, sem poder tentar mais nada com aqueles frangalhos disparatados; ele próprio, perdido em meio à grande derrota de um povo habituado a vencer e desastrosamente batido, apesar de sua legendária bravura, seguia a pé, entre dois ordenanças[8].

Depois, uma calma profunda, uma assustada e silenciosa expectativa havia pairado sobre a cida-

---

[8] Ordenanças: soldados a serviço pessoal de uma autoridade militar

de. Muitos burgueses barrigudos, desfibrados pelo comércio, esperavam ansiosamente os vencedores, tremendo só de pensar que eles podiam considerar os espetos de assar ou os facões de cozinha como armas.

A vida parecia suspensa. As lojas estavam fechadas, as ruas, mudas. Algumas vezes, um habitante, intimidado por aquele silêncio, esgueirava-se ao longo dos muros.

A angústia da espera fazia desejar a vinda do inimigo.

Na tarde do dia seguinte à partida das tropas francesas, alguns ulanos[9], saídos não se sabe de onde, atravessaram a cidade às pressas. Depois, um pouco mais tarde, uma massa negra desceu da encosta Sainte-Catherine, enquanto duas outras ondas invasoras apareciam pelas estradas de Darnetal e de Boisguillaume. As vanguardas dos três corpos[10], exatamente no mesmo momento, reuniram-se na praça da prefeitura; e, por todas as ruas vizinhas, chegava o exército alemão, exibindo seus batalhões que faziam soar o chão sob seus passos duros e ritmados.

---

[9] Ulanos: cavaleiros do exército alemão, armados com lança; lanceiros

[10] Corpos: partes de uma força armada

Ordens gritadas com voz desconhecida e gutural ecoavam ao longo das casas que pareciam mortas e desertas, enquanto, por trás das venezianas baixadas, olhos espiavam aqueles homens vitoriosos, senhores da cidade, das fortunas e das vidas, por "direito de guerra". Os habitantes, em seus quartos escurecidos, sentiam o desatino que produzem os cataclismos, as grandes convulsões mortíferas da terra, contra os quais são inúteis toda sabedoria e toda força. Porque a mesma sensação reaparece a cada vez que a ordem estabelecida das coisas é subvertida, quando a segurança não existe mais, quando tudo o que era protegido pelas leis dos homens ou da natureza se encontra à mercê de uma brutalidade inconsciente e feroz. O terremoto esmagando toda uma população sob as casas que desmoronam; o rio transbordante que carrega camponeses afogados junto a cadáveres de bois e vigas arrancadas dos tetos; ou o glorioso exército massacrando os que se defendem, fazendo prisioneiros, pilhando em nome da Espada[*] e agradecendo a Deus ao som de canhão, são todos flagelos terríveis que abalam

---

[*] Maupassant, muitas vezes, usa de maiúsculas para referir-se ao conceito, à noção abstrata contida nos substantivos, por exemplo, "Alemão", "Ideia", "Estrangeiro"etc. (N. T.)

qualquer crença na Justiça Eterna, toda confiança que nos ensinaram a ter na proteção do Céu e na razão do Homem.

Mas pequenos destacamentos batiam de porta em porta e, depois, desapareciam dentro das casas. Era a ocupação depois da invasão. Começava para os vencidos o dever de se mostrarem gentis aos vencedores.

Passado algum tempo, uma vez desaparecido o primeiro terror, uma nova calma se estabeleceu. Em muitas famílias, o oficial prussiano comia à mesa. Às vezes, era bem educado e, por polidez, lamentava a França e confessava sua repugnância em participar daquela guerra. As pessoas ficavam agradecidas por aquele sentimento e, ademais, podiam, dia mais, dia menos, precisar de sua proteção. Tratando-o com atenção, podia-se talvez conseguir ter menos homens para alimentar. E por que ferir alguém de quem se dependia inteiramente? Agir assim seria menos bravura que temeridade[11]. E a temeridade não é mais um defeito dos burgueses de Ruão, como nos tempos das defesas heroicas pelas quais a cidade ficou conhecida. Diziam, enfim, razão suprema inspirada pela

---

[11] Temeridade: ousadia excessiva

urbanidade francesa, que era melhor ser polido na intimidade do lar que mostrar familiaridade com o soldado estrangeiro em público. Fora de casa não se conheciam, mas dentro conversava-se à vontade, e o Alemão demorava-se mais a cada noite diante da lareira, aquecendo-se.

A cidade retomava pouco a pouco seu cotidiano. Os franceses ainda não saíam, mas os soldados prussianos fervilhavam nas ruas. Ademais, os oficiais hussardos[12], que arrastavam com arrogância seus grandes instrumentos de morte pelas calçadas, não pareciam ter pelos cidadãos comuns mais desprezo que os oficiais dos caçadores[13], que, no ano anterior, bebiam nos mesmos cafés.

Havia, entretanto, qualquer coisa no ar, qualquer coisa sutil e desconhecida, uma atmosfera estrangeira intolerável, como um cheiro espalhado, o cheiro da invasão. Cheiro que invadia as casas e as praças, mudava o gosto dos alimentos, dando a impressão de que se estava em viagem, em lugares longínquos, entre tribos bárbaras e perigosas.

---

[12] Hussardos: soldados da cavalaria ligeira na França e na Alemanha

[13] Caçadores: tipo de cavaleiros militares encarregados em geral de missões de reconhecimento e esclarecimento da armada

Os vencedores exigiam dinheiro, muito dinheiro. Os habitantes pagavam sempre; eram ricos, aliás. Porém, quanto mais um negociante normando se torna opulento, mais ele sofre por qualquer sacrifício, por qualquer parcela da sua fortuna que vê passar para as mãos de outro.

Entretanto, a duas ou três léguas da cidade, seguindo o curso do rio em direção a Croisset, Dieppedalle ou Biessart, os marinheiros e os pescadores frequentemente traziam do fundo da água algum cadáver de Alemão inchado dentro de seu uniforme, morto por facada ou linchado, a cabeça esmagada por uma pedra, ou jogado n'água por um empurrão do alto da ponte. O lodo do rio amortalhava essas vinganças obscuras, selvagens e legítimas, heroísmos desconhecidos, ataques mudos, mais perigosos que as batalhas em pleno dia e sem a repercussão da glória.

Porque o ódio ao Estrangeiro arma sempre alguns Intrépidos dispostos a morrer por uma Ideia.

Enfim, como os invasores, ainda que sujeitando a cidade à sua inflexível disciplina, não tinham perpetrado nenhum dos horrores que a fama os fizera cometer ao longo de sua marcha triunfal, as pessoas se animaram, e a necessidade de negociar fez pulsar de novo o coração dos comerciantes locais. Alguns tinham grandes importâncias aplicadas no Havre[14], que o exército francês ocupava, e queriam tentar alcançar esse porto indo por terra até Dieppe, onde embarcariam.

Usaram a influência dos oficiais alemães com quem tinham travado conhecimento e obtiveram do general comandante uma autorização de partida.

Assim, uma grande diligência puxada por quatro cavalos foi contratada para a viagem, e dez pessoas se inscreveram. Decidiram partir numa terça-feira, de madrugada, para evitar qualquer ajuntamento.

Havia já algum tempo que a geada endurecera a terra, e, na segunda-feira, por volta das três horas, grandes nuvens negras vindas do norte trouxeram a neve que caiu ininterruptamente durante toda a tarde e toda a noite.

Às quatro e meia da manhã, os viajantes se reuniram no pátio do Hotel de Normandia, onde deviam embarcar.

Estavam ainda muito sonolentos e tiritavam de frio debaixo de seus agasalhos. Via-se mal na obscuridade, e a superposição das pesadas vestes

---

[14] Havre: importante cidade portuária da França

de inverno fazia com que todos os corpos se parecessem com os de padres obesos em suas longas batinas. Mas dois homens se reconheceram, um terceiro os abordou, e eles conversaram:

– Levo minha esposa, disse um.

– Como eu.

– Eu também.

O primeiro acrescentou:

– Não voltaremos a Ruão, e, se os prussianos se aproximarem do Havre, nós ganharemos a Inglaterra.

Sendo de temperamentos semelhantes, todos tinham os mesmos projetos.

Mas nada de atrelarem os cavalos. Uma pequena lanterna, que um criado da cavalariça[15] carregava, saía de tempo em tempo de uma porta obscura para desaparecer imediatamente em outra. As patas dos cavalos martelavam o chão, amortecidas pelo estrume dos estábulos, e ouvia-se ao fundo da construção uma voz de homem falando aos animais e praguejando. Um leve rumor de guizos anunciou que se colocavam os arreios; esse rumor logo se tornou uma vibração

---

[15] Cavalariça: edifício para alojamento de cavalos; estrebaria, cocheira

clara e contínua, ritmada pelo movimento do animal, cessando, às vezes, e depois recomeçando em brusca sacudida, acompanhada do som surdo de casco ferrado batendo no chão.

A porta subitamente se fechou. Todo ruído cessou. Os burgueses enregelados estavam mudos. Permaneciam imóveis e rígidos.

Uma ininterrupta cortina de flocos brancos cintilava sem cessar, descendo sobre a terra; embaçava as formas, salpicava todas as coisas com uma espuma de gelo; e nada mais se ouvia, no grande silêncio da cidade calma e amortalhada pelo inverno, além desse roçar vago e flutuante da neve que cai, mais sensação que ruído, entrelaçamento de leves átomos que pareciam preencher o espaço, cobrir o mundo.

O homem reapareceu com sua lanterna, puxando por uma corda um cavalo triste que vinha à força. Colocou-o entre os varais, prendeu os tirantes, deu várias voltas em torno para firmar os arreios, porque só podia servir-se de uma única mão, já que a outra carregava a lanterna. Quando ia buscar o segundo animal, observou todos aqueles viajantes imóveis, já brancos de neve, e lhes disse:

– Por que não sobem para o carro? Pelo menos estarão ao abrigo.

Eles não haviam pensado nisso, sem dúvida, e então se precipitaram. Os três homens acomodaram suas mulheres no fundo e em seguida subiram; depois as outras formas imprecisas e veladas ocuparam, por sua vez, os últimos lugares, sem trocar uma palavra.

O assoalho estava coberto de palha na qual os pés mergulharam. As senhoras do fundo, tendo trazido pequenos aquecedores de cobre que funcionavam com carvão químico, acenderam os aparelhos e, durante algum tempo, em voz baixa, enumeraram suas vantagens, repetindo coisas que sabiam há muito tempo.

Finalmente, a diligência foi atrelada com seis cavalos, em vez de quatro, por causa da puxada mais penosa. De fora, uma voz perguntou:

– Todo mundo já subiu?

Uma voz de dentro respondeu:

– Sim.

E partiram.

O carro avançava lentamente, lentamente, de pouco em pouco. As rodas afundavam na neve; a diligência inteira gemia com surdos estalidos; os animais escorregavam, resfolegavam, soltando fumaça pelas narinas; e o chicote gigantesco do cocheiro estalava sem repouso, volteava de todos os lados, enrolando-se e desenrolando-se como uma fina serpente, fustigando alguma anca roliça que então se retesava sob um esforço mais violento.

Mas o dia surgia imperceptivelmente. Os leves flocos que um viajante, ruanense puro-sangue[16], tinha comparado a uma chuva de algodão não mais caíam. Uma claridade suja filtrava-se através das grandes nuvens escuras e pesadas e tornava ainda mais resplandecente a brancura das campinas, onde aparecia ora uma ala de grandes árvores vestidas de geada, ora uma cabana com capuz de neve.

No carro, os viajantes entreolhavam-se curiosamente na triste claridade daquela aurora.

Bem ao fundo, nos melhores lugares, dormitavam, um defronte ao outro, o sr. e a sra. Loiseau, atacadistas de vinho da rua Grand-Pont.

Antigo vendedor de um patrão arruinado nos negócios, Loiseau comprou-lhe as propriedades e fez fortuna. Vendia bem barato um péssimo vinho aos pequenos negociantes do campo e era tido, entre seus conhecidos e amigos, como um refinado espertalhão, um verdadeiro normando, cheio de astúcias e de jovialidade.

---

[16] Ruanense puro-sangue: referência ao natural de Ruão, importante cidade da Normandia que, no século XIX, se notabilizou pela indústria têxtil baseada no algodão.

Sua reputação de trapaceiro era tão firme que uma noite, na prefeitura, o sr. Tournel, autor de fábulas e canções, espírito mordaz e fino, uma glória local, propôs às damas, que ele percebia um pouco sonolentas, jogar uma partida de *Loiseau vole*[17]. A zombaria voou, ecoou pelos salões do prefeito e, depois, ganhou os da cidade e fez rir durante um mês todas os maxilares da província.

Loiseau era, por outro lado, célebre por suas farsas de todo tipo, suas brincadeiras boas ou más; e ninguém falava dele sem acrescentar imediatamente: – "É impagável esse Loiseau".

De talhe exíguo, apresentava um ventre de balão, encimado por uma face avermelhada entre duas suíças[18] grisalhas.

Sua mulher, grande, forte, voluntariosa, de voz altissonante e de decisões rápidas, era a ordem e a aritmética da casa de comércio, que ele animava com sua alegre atividade.

Ao lado deles sentava-se, mais digno, de uma casta superior, o sr. Carré-Camadon, homem

---

[17] *Loiseau vole*: trocadilho, que pode ser entendido como *l'oiseau vole*, isto é, o pássaro voa; e *Loiseau vole*, ou seja, Loiseau rouba. *Oiseau vole* é o nome de um jogo infantil

[18] Suíças: partes da barba que se deixam crescer nas laterais do rosto, desde as orelhas até os cantos da boca

considerado, comerciante de algodão, proprietário de três tecelagens, oficial da Legião de Honra e membro do Conselho Geral. Ele foi, durante todo o Império, chefe da oposição benevolente, unicamente para fazer pagar mais caro sua adesão à causa que combatia com armas corteses, segundo suas próprias palavras. Sra. Carré-Lamadon, muito mais jovem que seu marido, era o consolo dos oficiais de boa família enviados à guarnição de Ruão.

Sentada defronte ao marido, pequenina, engraçadinha, aconchegada em suas peles, olhava com ar desolado o lamentável interior do carro.

Seus vizinhos, o conde e a condessa Hubert de Bréville, carregavam um dos nomes mais antigos e mais nobres da Normandia. O conde, velho fidalgo de grande presença, esforçava-se para acentuar, com os artifícios de sua indumentária, sua natural semelhança com o rei Henrique IV, que, segundo uma lenda gloriosa para a família, engravidara uma dama de Bréville, cujo marido, por esse fato, tornou-se conde e governador de província.

Colega do sr. Carré-Lamadon no Conselho Geral, o conde Hubert representava o partido orleanista[19] no departamento. A história de seu casamento com a filha de um pequeno armador de Nantes sempre permaneceu misteriosa. Mas, como a condessa tinha modos afetados, recebia[20] melhor que todo mundo e passava até por ter sido amada por um dos filhos de Louis-Philippe[21], toda a nobreza lhe fazia festas, e seu salão era o primeiro da região, o único onde se conservava a velha galanteria[22] e cujo acesso era difícil.

Diziam que a fortuna dos Bréville, toda em bens de raiz[23], alcançava 500 mil libras de renda.

Essas seis pessoas formavam o fundo do carro, a ala da sociedade abastada, serena e forte, gente honrada, respeitável, que tem Religião e Princípios.

Por um estranho acaso, todas as mulheres ocupavam o mesmo banco; e a condessa tinha ainda por vizinhas duas religiosas que desfiavam

---

[19] Partido orleanista: partidários dos duques de Orléans, ramo secundário da dinastia dos Bourbons, que se mantiveram no poder desde a Revolução de julho de 1830 até 1848. Representavam os interesses da aristocracia financeira e da grande burguesia

[20] Recebia: acolhia, recepcionava em festas

[21] Louis-Philippe: da casa de Orléans, foi o último rei da França, de 1830-1848, cognominado "Rei Burguês" ou "Rei Cidadão". Teve 6 filhos e uma filha

[22] Galanteria: elegância

[23] Bens de raiz: imóveis

as contas de longos rosários, murmurando padre-
-nossos e ave-marias. Uma era velha com a face
arruinada por marcas de varíola, como se tivesse
recebido uma carga de chumbo em pleno rosto. A
outra, raquítica, tinha uma cabeça bonita e enfer-
miça sobre um peito de tísica[24], minada por essa fé
devoradora que faz os mártires e os iluminados.

Frente às duas religiosas, um homem e uma
mulher atraíam todos os olhares.

O homem, bem conhecido, era Cornudet, o
democrata, o terror das pessoas respeitáveis. Há 20
anos, molhava sua grande barba ruiva em todas as
canecas de cerveja de todos os cafés democráticos.
Dissipou com os irmãos e amigos uma bela fortuna
que herdara do pai, antigo confeiteiro, e esperava
impacientemente a República para obter enfim o
lugar merecido por tanto dispêndio revolucionário.
No 4 de setembro[25], talvez resultado de uma farsa,
acreditou ter sido nomeado prefeito, mas quando
quis assumir suas funções, os funcionários da re-
partição, únicos senhores da situação, recusaram-se

---

[24] Tísica: qualquer doença que faz definhar, especialmente a
tuberculose pulmonar
[25] No 4 de setembro: referência a 4 de setembro de 1870, data
do início da terceira república francesa, com a destituição de
Napoleão III e a dissolução da Assembleia Legislativa

a reconhecê-lo, o que o obrigou a retirar-se. Apesar disso, era um ótimo rapaz, inofensivo e prestativo, e se ocupava com incomparável ardor em organizar a defesa. Fizera cavar buracos nas planícies, derrubar todas as árvores jovens dos bosques vizinhos, instalar armadilhas em todas as estradas e, com a aproximação do inimigo, satisfeito com seus preparativos, retirara-se rapidamente para a cidade. Pensava agora ser mais útil no Havre, onde novas trincheiras seriam necessárias.

A mulher, uma daquelas chamadas de vida fácil, era célebre por sua gordura precoce, que lhe valera o apelido de Bola de Sebo. Miúda, toda redonda, gorducha, com dedos rechonchudos estrangulados nas falanges, parecendo uma fieira de pequenas salsichas; de tez luzidia e retesada, e seios enormes que saltavam de suas roupas, era, entretanto, apetitosa e desejada, de tal modo agradava à vista o seu frescor. Seu rosto era uma maçã vermelha, um botão de peônia[26] prestes a florir; e nele abriam-se, no alto, dois magníficos olhos negros, sombreados por grandes e espessos cílios que os escureciam ainda mais; abaixo, uma boca

---

[26] Peônia: tipo de flor. Embora existam de várias cores, a peônia mais comum é a vermelha

charmosa, pequena, úmida para o beijo, adornada por dentes brilhantes e miúdos.

Diziam que, além disso, possuía qualidades incalculáveis.

Assim que foi reconhecida, os cochichos correram entre as honestas mulheres, e termos como "prostituída", "vergonha pública" foram murmurados tão alto que ela levantou a cabeça. Passeou, então, sobre os vizinhos um olhar tão provocante e atrevido que logo reinou um grande silêncio, e todos baixaram os olhos, à exceção de Loiseau, que a espiava com ar divertido.

Mas logo a conversa foi retomada entre as três senhoras, a quem a presença daquela mulher tornava subitamente amigas, quase íntimas. Deviam formar, parecia-lhes, como que um feixe de suas dignidades de esposas, face àquela vendida sem-vergonha, porque o amor legal sempre olha de cima seu colega livre.

Os três homens também, reaproximados por um instinto conservador face a Cornudet, falavam de dinheiro com certo tom desdenhoso pelos pobres. O conde Hubert falava dos prejuízos que lhe causaram os prussianos, das perdas que resultariam do gado roubado e das colheitas perdidas com uma segurança de grão-senhor multimilionário, a quem esses danos incomodariam apenas por um ano. O sr. Carré-Lamadon, de muita experiência na indústria algodoeira, teve o cuidado de enviar 600 mil francos para a Inglaterra, uma reserva para alguma ocasião futura. Quanto a Loiseau, ele arranjou um jeito de vender à Intendência francesa todos os vinhos comuns que lhe sobravam no depósito, de modo que o Estado lhe devia uma soma formidável que ele contava receber no Havre.

E todos os três trocavam olhadelas rápidas e amigáveis. Ainda que de condições diferentes, pelo dinheiro, sentiam-se irmanados na grande maçonaria[27] dos que possuem, dos que fazem tilintar o ouro colocando a mão no bolso de suas calças.

O carro ia tão lentamente que às dez horas da manhã ainda não tinha rodado quatro léguas. Os homens desceram três vezes para subir as encostas a pé. Começavam a inquietar-se, porque deviam almoçar em Tôtes e agora perdiam a esperança de chegar lá antes da noite. Cada qual espiava para ver se descobria alguma taberna na estrada, quando a diligência atolou num montão de neve e foi preciso duas horas para desencalhá-la.

---

[27] Maçonaria (sentido figurado): relacionamento entre pessoas, caracterizado por particularidades de que só elas têm conhecimento

A fome crescia, turvava o cérebro; e nenhum botequim, nenhuma venda de vinhos aparecia, pois a aproximação dos prussianos e a passagem das tropas francesas esfomeadas tinham espantado todos os negócios.

Os homens correram em busca de provisões nas propriedades à beira da estrada, mas não encontraram sequer pão, porque o desconfiado camponês escondia suas reservas com medo de ser pilhado pelos soldados que, nada tendo a colocar na boca, tomavam à força o que descobriam.

Por volta de uma hora da tarde, Loiseau anunciou que decididamente sentia um grande oco no estômago. Fazia tempo que todos sofriam como ele; e a violenta necessidade de comer, aumentando sempre, acabara com as conversas.

De tempos em tempos, alguém bocejava: outro, quase em seguida, o imitava; e cada um, por sua vez, segundo seu caráter, sua civilidade e sua posição social, abria a boca ruidosa ou discretamente, levando rápido a mão diante da abertura escancarada, de onde saía um vapor.

Bola de Sebo, diversas vezes, inclinou-se como se procurasse alguma coisa sob suas saias. Hesitava um segundo, olhava para os vizinhos, depois se recompunha tranquilamente. Os rostos estavam pálidos e crispados. Loiseau afirmou que pagaria mil francos por um pequeno presunto. Sua mulher fez um gesto como para protestar; depois se acalmou. Ela sofria sempre que ouvia falar em desperdício de dinheiro; e nem sequer compreendia os gracejos sobre esse assunto.

– O fato é que não me sinto bem – disse o conde. – Como não pensei em trazer provisões?

Cada um se fazia a mesma reprovação.

Cornudet, entretanto, tinha um cantil cheio de rum; ofereceu-o; recusaram friamente. Somente Loiseau aceitou dois goles e, quando devolveu o cantil, agradeceu:

– É bom, aquece e engana a fome.

O álcool o deixou de bom humor, e ele propôs fazer como no pequeno navio da canção: comer o viajante mais gordo[28]. Essa alusão indireta a Bola de Sebo chocou as pessoas mais educadas. Ninguém respondeu; só Cornudet esboçou um sorriso. As duas religiosas tinham cessado de desfiar seus rosários e, com as mãos submersas em

---

[28] Referência à tradicional *Il était un petit navire* (Era uma vez um pequeno navio), que, apesar de macabra, é considerada canção infantil. Conta a história de um tripulante que vai ser comido por seus companheiros, mas é salvo por um milagre da Virgem Maria.

suas grandes mangas, mantinham-se imóveis, baixando obstinadamente os olhos, sem dúvida oferecendo ao céu o sofrimento que ele lhes enviava.

Enfim, às três horas, como se encontrassem no meio de uma planície interminável, sem uma só aldeia à vista, Bola de Sebo abaixou-se rapidamente e tirou de sob o banco um grande cesto coberto por um guardanapo branco.

Retirou primeiro um pequeno prato de porcelana, um fino copo de prata, depois uma grande terrina[29], na qual dois frangos inteiros, cortados em pedaços, conservavam-se sob a gelatina; e percebiam-se ainda no cesto outras coisas boas acondicionadas, patês, frutas, embutidos, provisões preparadas para uma viagem de três dias, a fim de não tocar na comida das pousadas. Quatro gargalos de garrafas emergiam entre os pacotes de comida. Ela pegou uma asa de frango e, delicadamente, pôs-se a comê-la com um desses pãezinhos chamados "Regência", na Normandia.

Todos os olhares estavam voltados para ela. Logo o odor se espalhou, alargando as narinas, fazendo vir às bocas uma abundante saliva espes-

---

[29] Terrina: recipiente com tampa em que se preparam ou se conservam certos alimentos

sa, com uma contração dolorosa das mandíbulas junto às orelhas. O desprezo das senhoras por essa mulher tornou-se feroz, sentiam vontade de matá-la ou jogá-la do carro, na neve, ela, seu copo, seu cesto e suas provisões.

Mas Loiseau devorava com os olhos a terrina de frango. Disse:

– Que bom que a Senhora tenha sido mais precavida que nós. Há pessoas que sempre pensam em tudo.

Ela levantou a cabeça para ele:

– Está servido, senhor? É duro ficar em jejum desde a madrugada.

Ele a saudou:

– Por Deus, francamente, não me recuso, não aguento mais. Na guerra vale tudo, não é, senhora?

E, lançando um olhar em torno, acrescentou:

– Em momentos como este, é muito bom encontrar gente atenciosa.

Ele tinha um grande jornal, que desdobrou para não manchar a calça, e, com a ponta da faca que sempre trazia no bolso, espetou uma coxa reluzente de gelatina, cortou-a com os dentes, depois mastigou-a com uma satisfação tão evidente que se ouviu um grande suspiro de angústia no carro.

Mas Bola de Sebo, com voz humilde e doce, propôs às religiosas dividir sua refeição. As duas aceitaram instantaneamente e, sem levantar os olhos, puseram-se a comer muito depressa, depois de balbuciar agradecimentos. Cornudet também não recusou o convite de sua vizinha; e com as religiosas formaram uma espécie de mesa, abrindo os jornais sobre os joelhos.

As bocas abriam-se e fechavam-se sem cessar, abocanhavam, mastigavam, engoliam ferozmente. Loiseau, em seu canto, trabalhava duro e, em voz baixa, convencia sua mulher a imitá-lo. Ela resistiu um bom tempo, mas, depois que uma contração lhe percorreu as entranhas, cedeu. Então, o marido, adocicando a voz, perguntou se sua "encantadora companheira" lhe permitia oferecer um pedacinho à sra. Loiseau. Ela lhe respondeu:

– Mas certamente, senhor – com um amável sorriso, e lhe passou a terrina.

Produziu-se um embaraço quando a primeira garrafa de Bordeaux foi desarrolhada: havia apenas uma taça. Ela era passada para o próximo, depois de enxugada. Somente Cornudet, sem dúvida por galanteria, pousou seus lábios no lugar ainda úmido dos lábios de sua vizinha.

Então, ladeados por pessoas que comiam, sufocados pelas emanações dos alimentos, o conde e a condessa de Bréville, assim como o sr. e sra. Carré-Lamadon, sofreram esse suplício odioso que conservou o nome de Tântalo[30]. De repente, a jovem esposa do manufatureiro[31] soltou um suspiro que fez voltarem-se as cabeças; ela estava tão branca quanto a neve lá fora; seus olhos se fecharam, sua fronte caiu: perdeu a consciência. Seu marido, transtornado, implorava socorro a todo mundo. Todos ficaram atarantados, mas a mais velha das freiras, segurando a cabeça da doente, pousou entre seus lábios a taça de Bola de Sebo e a fez tomar algumas gotas de vinho. A bela senhora moveu-se, abriu os olhos, sorriu e declarou com uma voz moribunda que agora se sentia muito bem. Mas para que aquilo não ocorresse novamente, a religiosa a obrigou a tomar uma taça cheia de Bordeaux, ajuntando: – "É a fome, só a fome".

---

[30] Suplício de Tântalo (mitologia grega): refere-se ao sofrimento ocasionado pela impossibilidade de alcançar aquilo que aparentemente está muito próximo. Tântalo foi condenado à sede e à fome, pois, mergulhado na água e com ramos de frutos pendentes sobre ele, toda vez que tentava beber ou comer, a água e os frutos desapareciam

[31] Manufatureiro: dono de fábrica

Então Bola de Sebo, ruborizada e confusa, balbuciou, olhando os quatro viajantes que ainda estavam em jejum:

— Meus Deus, se eu pudesse oferecer a esses senhores e a essas senhoras...

Calou-se, julgando ter cometido um ultraje. Loiseau tomou a palavra:

— Oh, Meu Deus, em casos como este, todos são irmãos e devem ajudar-se. Vamos, senhoras, não façam cerimônias, aceitem, que diabos! Sabemos nós se encontraremos alguma casa onde passar a noite? Do modo como estamos indo, não chegaremos a Tôtes antes de amanhã ao meio-dia.

Hesitavam, ninguém ousava assumir a responsabilidade do "sim".

Mas o conde resolveu a questão. Ele se virou para a gorducha jovem intimidada e, assumindo seu ar de gentil-homem[32], disse-lhe:

— Aceitamos, reconhecidos, senhora.

Só o primeiro passo era difícil. Uma vez transposto o Rubicão[33], entregaram-se decididamente.

---

[32] Gentil-homem: homem nobre de nascimento, fidalgo

[33] Rubicão: referência a Júlio César (49 a.C.) que violou a proibição de atravessar o rio Rubicão, tornando inevitável o conflito armado

O cesto foi esvaziado. Continha ainda um patê de *foie gras*[34], um patê de cotovias, um pedaço de língua defumada, peras de Crassane[35], um bloco de Pont-l'Évêque[36], *petits-fours*[37] e um boião[38] cheio de pepinos e cebolas no vinagre, porque Bola de Sebo, como todas as mulheres, adorava legumes crus.

Não se podia comer as provisões daquela jovem sem lhe falar. Então, conversaram, no início com reserva, mas depois, como ela se comportava muito bem, ficaram à vontade. As senhoras de Bréville e Carré-Lamadon, que tinham muita experiência, foram amáveis com delicadeza. A condessa, sobretudo, mostrou essa condescendência amável das senhoras muito nobres, que nenhum contato pode macular, e foi encantadora. Já a forte sra. Loiseau, que tinha uma alma de sargento, continuou azeda, falando pouco e comendo muito.

Falaram da guerra, naturalmente. Contaram fatos horríveis dos prussianos, gestos de bravura

---

[34] *Foie-gras*: fígado de ganso
[35] Peras de Crassane: variedade de peras, de polpas cheias de sumo e granulosas
[36] *Pont-l'Évêque*: um tipo de queijo que leva o nome da região onde é fabricado, na Normandia
[37] *Petits-fours*: pequenos bolos, biscoitos ou bolachas, doces ou salgados, mas predominantemente doces
[38] Boião: recipiente bojudo e de boca larga, usado especialmente para guardar conservas

dos franceses; e toda essa gente que fugia prestou homenagem à coragem dos outros. Logo começaram as histórias pessoais, e Bola de Sebo contou, com verdadeira emoção, com aquela fala calorosa que às vezes as mulheres têm para expressar sua exaltação natural, como ela havia deixado Ruão:

– No início, pensei que podia ficar, dizia ela. Tinha minha casa abarrotada de provisões e preferia alimentar alguns soldados a exilar-me, sabe-se lá onde. Mas quando os vi, àqueles prussianos, foi mais forte que eu! Eles me fizeram ferver o sangue de raiva; e chorei o dia inteiro de vergonha. Ah, se eu fosse um homem! Eu os olhava de minha janela, aqueles grandes porcos com seus capacetes em ponta, e minha empregada segurava minhas mãos para impedir-me de atirar-lhes os móveis às costas. Depois eles vieram alojar-se em minha casa; então eu pulei na goela do primeiro. Eles não são mais difíceis de estrangular que os outros! E teria finalizado o ato se não me tivessem puxado pelos cabelos. Tive que me esconder depois disso. Enfim, quando encontrei uma ocasião, parti, e eis-me aqui.

Felicitaram-na muito. Ela crescia na estima de seus companheiros que não se tinham mostrado assim tão valentes; e Cornudet, ouvindo-a, guardava um sorriso de concordância e benevolência de apóstolo, como se fora um padre ouvindo um devoto louvar a Deus, porque os democratas de barba longa detêm o monopólio do patriotismo como os homens de batina detêm o da religião. Falou, por sua vez, em tom doutrinário, com a ênfase aprendida nas proclamações afixadas todos os dias nos muros, e finalizou com um trecho de retórica, no qual desancava magistralmente aquele "crápula do Badinguet[39]".

Mas Bola de Sebo logo se irritou, porque era bonapartista[40]. Ficou mais vermelha que uma cereja, e gaguejando de indignação:

– Queria só ver os senhores em seu lugar, todos vocês. Haveria de ser muito bonito, ah, sim! Foram os senhores que o traíram, àquele homem! Só nos restaria abandonar a França, se fôssemos governados por moleques como vocês!

Cornudet, impassível, conservava um sorriso desdenhoso e superior, mas percebia-se que logo chegariam os palavrões, quando o conde interveio e acalmou, não sem dificuldades, a mulher exasperada, proclamando com autoridade que todas as

---

[39] Badinguet: apelido pejorativo, de origem incerta, de Napoleão III

[40] Bonapartista: partidária do regime imperial de Napoleão Bonaparte

opiniões sinceras eram respeitáveis. Nessas alturas, a condessa e a manufatureira, que traziam na alma o ódio irracional das "pessoas de bem" para com a República e aquela instintiva ternura que todas as mulheres nutrem pelos governos empenachados[41] e despóticos, sentiam-se, a contragosto, atraídas por aquela prostituta cheia de dignidade, cujos sentimentos em muito se assemelhavam aos delas.

O cesto estava vazio. Sendo dez, esgotaram-no sem esforço, lamentando que não fosse maior. A conversa continuou por algum tempo, um pouco menos animada, depois que terminaram de comer.

A noite caía, pouco a pouco a obscuridade se tornou profunda, e o frio, mais sensível durante a digestão, fazia estremecer Bola de Sebo, apesar da sua gordura. Então, a sra. de Bréville ofereceu-lhe seu pequeno aquecedor, cujo carvão, desde a manhã, tinha sido renovado diversas vezes. Bola de Sebo aceitou imediatamente, uma vez que se sentia com os pés enregelados. As senhoras Carré-Lamadon e Loiseau deram os seus para as religiosas.

O cocheiro acendera as lanternas. Estas iluminaram com luz viva uma nuvem de vapor acima

---

[41] Empenachados: referência aos capacetes militares ornados com penachos

das ancas suarentas dos cavalos e, dos dois lados da estrada, a neve, que parecia desenrolar-se sob o reflexo móvel das luzes.

Não se enxergava mais nada dentro do carro; mas, de repente, houve um movimento entre Bola de Sebo e Cornudet; e Loiseau, cujo olhar perscrutava as sombras, julgou ter visto o homem barbudo afastar-se rapidamente, como se tivesse recebido um bom tapa dado sem ruído.

Pequenos pontos brilhantes apareceram adiante, no caminho. Era Tôtes. Viajaram 11 horas, o que, somadas as duas horas divididas em quatro etapas para os cavalos comerem aveia e descansarem, perfazia 13. Entraram na vila e pararam diante do Hotel do Comércio.

A portinhola abriu-se. Um ruído bem conhecido fez estremecer todos os viajantes; eram as batidas de uma bainha de espada no solo. Em seguida, a voz de um Alemão gritou alguma coisa.

Embora a diligência estivesse imóvel, ninguém descia, como se esperassem ser massacrados na saída. O condutor apareceu, levando na mão uma de suas lanternas, que iluminou subitamente até o fundo do carro as duas fileiras de cabeças aterradas, com as bocas abertas e os olhos arregalados de surpresa e espanto.

Ao lado do cocheiro achava-se, totalmente iluminado, um oficial alemão, um jovem alto, excessivamente magro e loiro, apertado em seu uniforme como uma mulher de espartilho e levando de lado o capacete chato e luzidio, que o fazia assemelhar-se ao criado de um hotel inglês. Seu bigode desproporcional, de longos pelos retos, afinando-se indefinidamente de cada lado e terminando por um único fio loiro, tão fino que não se percebia o fim, parecia pesar sobre os cantos da boca e, repuxando as bochechas, imprimia-lhe aos lábios uma prega descendente.

Ele convidou, em francês da Alsácia, os viajantes a saírem, dizendo em tom ríspido:

– Queiram descer, senhores e senhoras.[42]

As duas freiras foram as primeiras a obedecer, com a docilidade de santas habituadas a todas as submissões. O conde e a condessa apareceram logo depois, seguidos do manufatureiro e sua mulher, e de Loiseau empurrando à sua frente sua grande cara-metade. Este, ao pôr os pés no chão, disse ao oficial:

– Boa noite, senhor – mais por um sentimento de prudência que de polidez.

---

[42] "*Foulez*-vous *tescendre*, messieurs et dames": Maupassant transcreve o sotaque do francês alsaciano, trocando o "v" por "f", e o "d" por "t". Todas as falas do oficial alemão seguirão esta norma

O outro, insolente como os todo-poderosos, olhou-o sem responder.

Bola de Sebo e Cornudet, ainda que próximos à portinhola, foram os últimos a descer, graves e altivos diante do inimigo. A rechonchuda jovem tentava dominar-se e ficar calma; o democrata atormentava com a mão crispada e um pouco trêmula sua grande barba ruiva. Queriam conservar a dignidade, entendendo que, nesses encontros, cada um representa um pouco o seu país. Ambos revoltados pela maleabilidade de seus companheiros, ela tentava mostrar-se mais orgulhosa que suas vizinhas, as mulheres honestas, enquanto ele, sentindo que devia dar o exemplo, continuava, com sua atitude, a missão de resistência começada com a obstrução das estradas.

Entraram na vasta cozinha do albergue, e o alemão, tendo exigido a apresentação da autorização de partida assinada pelo general-comandante, e onde estavam mencionados os nomes, as características e a profissão de cada viajante, examinou todos longamente, comparando as pessoas com os dados escritos.

Depois disse bruscamente: – "Está bem", e desapareceu.

Todos então respiraram. Sentiam fome ainda; encomendou-se a ceia. Seria necessária uma meia hora para aprontá-la; e, enquanto as duas criadas se ocupavam disso, foram visitar os quartos. Todos eles se encontravam num longo corredor que terminava por uma porta envidraçada, marcada com um número expressivo[43].

Enfim iam sentar-se à mesa quando o próprio dono do albergue apareceu. Era um antigo comerciante de cavalos, um gordo asmático, que tinha sempre assobios, ronqueiras, pigarros na laringe. Seu pai lhe havia transmitido o nome de Follenvie.

Ele perguntou:

– Senhorita Elisabeth Rousset?

Bola de Sebo estremeceu; voltou-se:

– Sou eu.

– Senhorita, o oficial prussiano deseja falar-lhe imediatamente.

– Comigo?

– Sim, se a senhorita é Elisabeth Rousset.

Ela perturbou-se, refletiu um segundo, depois declarou categoricamente:

– É possível, mas não irei.

---

[43] Número expressivo: refere-se ao n. 100 (*numéro parlant, gros numéro*), usado em alguns hotéis na porta do banheiro

Fez-se uma agitação em torno dela; todos discutiam, procuravam a causa dessa ordem. O conde aproximou-se:

– Age mal, senhora, porque a sua recusa pode trazer dificuldades consideráveis não somente para a senhora, mas também para todos os seus companheiros. Nunca se deve resistir aos que são os mais fortes. Acatar essa ordem com certeza não apresenta perigo algum; sem dúvida é por qualquer formalidade esquecida.

Todos o apoiaram, pediram a ela, instaram-na[44], aconselharam-na e por fim a convenceram; porque todos temiam as complicações que poderiam resultar de um ato estouvado[45]. Afinal, ela disse:

– Está bem. Faço-o por vocês.

A condessa tomou-lhe as mãos:

– E nós lhe agradecemos por isso.

Ela saiu. Esperaram-na para sentar-se à mesa.

Cada um lamentava não ter sido chamado no lugar daquela mulher violenta e irascível[46] e preparava mentalmente justificativas servis para o caso de ser chamado.

---

[44] Instaram-na: pediram-lhe com insistência
[45] Estouvado: imprudente, leviano, que age irrefletidamente
[46] Irascível: que se irrita com facilidade

Mas, ao cabo de dez minutos, ela reapareceu, bufando, vermelha como se fosse sufocar, exasperada. Balbuciou:

– Oh, o canalha! o canalha!

Todos a rodearam para saber, mas ela nada disse; e, como o conde insistia, respondeu com grande dignidade:

– Não, isso não lhes diz respeito, não posso falar.

Então, sentaram-se em torno de uma grande sopeira de onde saía um aroma de repolho. Apesar do incidente, a ceia foi alegre. A cidra era boa, e o casal Loiseau e as freiras beberam dela por economia. Os outros pediram vinho; Cornudet exigiu cerveja. Ele tinha uma maneira particular de desarrolhar a garrafa, de fazer espumar o líquido, de observá-lo inclinando o copo, que, em seguida, erguia entre a lâmpada e os olhos, para apreciar melhor a cor. Quando bebia, sua grande barba, que conservava a nuance de sua amada bebida, parecia tremer de ternura; seus olhos envesgavam-se para não perder de vista o líquido, e ele adquiria o ar de estar exercendo a única função para a qual tinha nascido. Disseram que ele estabeleceu no espírito uma ligação e como que uma afinidade entre as duas grandes paixões que ocupavam toda sua vida: a Pale Ale[47] e a Revolução; e seguramente não podia degustar uma sem sonhar com a outra.

O senhor e a senhora Follenvie jantavam em um extremo da mesa. O homem, arquejando como uma locomotiva emperrada, tinha muita pressão no peito para poder falar enquanto comia; mas a mulher não se calava nunca. Ela contava todas as suas impressões quando da chegada dos prussianos, o que faziam, o que diziam, execrando-os, em primeiro lugar porque eles lhe custavam dinheiro, e depois porque tinha dois filhos no exército. Dirigia-se principalmente à condessa, orgulhosa de conversar com uma senhora de nível.

Depois ela abaixava a voz para dizer coisas delicadas, e seu marido, de tempos em tempos, a interrompia:

– Seria melhor calar-se, senhora Follenvie.

Mas ela não o levava em conta, e continuava:

– Sim, senhora, aquela gente lá só come batata e porco, e porco e batata. E não dá para acreditar que sejam limpos. Oh, não! Eles sujam por toda parte, com o perdão da palavra. E se a senhora os visse fazer exercícios durante horas e dias; vão todos

---

[47] *Pale Ale* (em inglês no original): um tipo de cerveja clara, leve

para o campo: e marcha para frente, e marcha para trás, e viram para cá, viram para lá. Se ao menos cultivassem a terra, ou se trabalhassem nas estradas de seu país! Mas não, senhora, esses militares não são úteis a ninguém! O pobre povo os alimenta para que eles só aprendam a assassinar! Sou apenas uma velha sem estudos, é verdade, mas, vendo-os arruinar o caráter marchando de manhã à noite, penso: quando há pessoas que fazem tantas descobertas para serem úteis, é justo que outras se deem tanto trabalho para serem nocivas? Não é uma abominação matar pessoas, sejam prussianos, ingleses, poloneses ou franceses? Quando a gente se vinga de alguém que nos causou mal está errado, por isso nos condenam; mas quando exterminam nossos rapazes como fazem com a caça, com fuzis, então está certo, já que condecoram aqueles que mais mataram? Não, vejam, jamais compreenderei isso!

Cornudet elevou a voz:

– A guerra é uma barbárie quando se ataca um vizinho pacífico; é um dever sagrado quando se defende a pátria.

A velha abaixou a cabeça:

– Sim, quando se defende é outra coisa; mas não seria preferível matar todos os reis que fazem isso para seu próprio prazer?

Os olhos de Cornudet brilharam:

– Bravo, cidadã! – disse ele.

O senhor Carré-Lamadon refletia profundamente. Embora tenha sido fanático dos ilustres capitães, o bom senso dessa camponesa fazia com que sonhasse com a opulência que trariam ao país tantos braços desocupados (e, consequentemente, arruinados), tantas forças mantidas improdutivas, se os empregassem nos grandes trabalhos industriais, que demandarão séculos para alcançar.

Mas Loiseau, deixando seu lugar, foi conversar em voz baixa com o dono do albergue. O homem gordo ria, tossia, escarrava; sua enorme barriga saltitava de alegria ao ouvir os gracejos de seu vizinho, e lhe comprou seis tonéis de Bordeaux para a primavera, para quando os prussianos tivessem partido.

Mal terminou a ceia, como estavam quebrados de fadiga, foram dormir.

Loiseau, entretanto, que havia observado as coisas, mandou a mulher deitar-se e depois colou, ora a orelha, ora o olho, no buraco da fechadura, para tentar descobrir o que ele chamava: "os mistérios do corredor".

Ao cabo de aproximadamente uma hora, ele ouviu um rumor, olhou bem depressa e percebeu Bola de Sebo, que parecia mais gorda ainda debaixo de um roupão de caxemira[48] azul com rendas brancas. Tinha um castiçal na mão e dirigia-se para o cômodo de número redondo[49] no fundo do corredor. Mas uma porta ao lado entreabriu-se, e, quando ela retornou depois de alguns minutos, Cornudet, de suspensórios, a seguia. Falavam baixo, depois pararam. Bola de Sebo parecia defender a entrada de seu quarto com energia. Infelizmente, Loiseau não ouvia as palavras, mas no fim, como elevaram a voz, ele pôde entender algumas. Cornudet insistia intensamente. Dizia:

– Vamos, não seja tola, o que tem de mais?

Ela, com ar indignado, respondeu:

– Não, meu caro, há certos momentos em que não se fazem certas coisas; além disso, aqui, seria uma vergonha.

Sem dúvida ele não compreendia absolutamente nada, e perguntou por quê. Então ela se irritou e elevou o tom:

– Por quê? O senhor não compreende por quê? Quando há prussianos na casa, no quarto ao lado, talvez?

---

[48] Caxemira: lã muito fina e macia feita de pelo de um tipo de cabra de Caxemira (território disputado entre Índia e Paquistão)

[49] Número redondo: ver nota 41

Ele se calou. Esse pudor patriótico de prostituta que não se deixava acariciar perto do inimigo provavelmente despertou em seu coração a dignidade adormecida, porque, depois de tê-la beijado somente, voltou ao seu quarto, na ponta dos pés.

Loiseau, muito excitado, deixou a fechadura, saltitou no quarto, pôs a touca, levantou o lençol sob o qual jazia a dura carcaça de sua companheira e acordou-a com um beijo, murmurando:

– Você me ama, querida?

Então, a casa toda ficou em silêncio. Mas logo se elevou em algum lugar, numa direção indeterminada que podia ser tanto a adega como o sótão, um ronco potente, monótono, regular, um barulho surdo e prolongado, com estremecimentos de caldeira sob pressão. O sr. Follenvie dormia.

Como decidiram que partiriam às oito horas na manhã seguinte, todo mundo se reuniu na cozinha, mas a diligência, cujo toldo tinha uma camada de neve, erguia-se solitária no meio do pátio, sem cavalos e sem condutor. Procuraram-no em vão nas cavalariças, nos pastos, nas cocheiras. Todos os homens resolveram, então, dar uma batida no campo e saíram. Encontraram-se na praça, com a igreja ao fundo e, dos dois lados, casas baixas onde se percebiam soldados prussianos. O primeiro que viram descascava batatas. O segundo, mais longe, lavava o salão do barbeiro. Um outro, barbado até os olhos, beijava um garoto que chorava e embalava-o sobre os joelhos para acalmá-lo; e as corpulentas camponesas, cujos homens estavam engajados no "exército da guerra", indicavam aos obedientes vencedores, por gestos, o trabalho que era necessário fazer: rachar lenha, temperar a sopa, moer o café. Um deles até mesmo lavava a roupa de sua hospedeira, uma velhinha inválida.

O conde, atônito, interrogou o sacristão que saía do presbitério. O velho rato de igreja respondeu-lhe:

– Ah, esses não são maus, não são prussianos, pelo que dizem. São de mais longe; não sei bem de onde; e todos deixaram mulher e filhos em sua terra; a guerra não lhes agrada! Estou certo de que lá também choram muito pelos homens; e a guerra causará uma grande miséria tanto para eles como para nós. Aqui, ainda, não se é muito infeliz no momento, porque eles não fazem mal e trabalham como se estivessem em suas casas. Veja, senhor, entre gente pobre, é melhor que se ajudem... São os grandes que fazem a guerra.

Cornudet, indignado pelo acordo amigável estabelecido entre vencedores e vencidos, retirou-

-se, preferindo encerrar-se no albergue. Loiseau fez piada:

– Eles repovoam.

O sr. Carré-Lamadon observou gravemente:

– Eles consertam.

Mas nada de encontrar o cocheiro. Finalmente, descobriram-no no café da aldeia, sentado fraternalmente à mesa com o ordenança do oficial. O conde o interpelou:

– Não lhe deram ordens de atrelar para as oito horas?

– Ah, sim, mas depois deram-me outra.

– Qual?

– De não atrelar nada.

– Quem lhe deu esta ordem?

– Ora! O comandante prussiano.

– Por quê?

– Não sei de nada. Vá perguntar-lhe. Proíbem-me de atrelar, então não atrelo, ora!

– Foi ele mesmo quem lhe disse isso?

– Não, senhor, foi o dono do albergue que me transmitiu a ordem.

– Quando?

– Ontem à noite, quando eu ia dormir.

Os três homens recolheram-se bastante inquietos.

Perguntaram pelo sr. Follenvie, mas a criada respondeu que o senhor, por causa de sua asma, nunca se levantava antes das dez horas. Ele tinha até mesmo formalmente proibido de o acordarem mais cedo, exceto em caso de incêndio.

Quiseram ver o oficial, mas isso era absolutamente impossível, ainda que ele morasse no albergue; só o sr. Follenvie estava autorizado a falar-lhe sobre os assuntos civis. Então esperaram. As mulheres recolheram-se aos quartos e ocuparam-se de futilidades.

Cornudet instalou-se sob a alta chaminé da cozinha, onde luzia um forte fogo. Fez levar para lá uma das mesinhas do café, uma caneca de cerveja e puxou o cachimbo, que gozava, entre os democratas, de uma consideração quase igual à sua, como se também tivesse servido a pátria, ao servir a Cornudet. Era um cachimbo soberbo, em espuma do mar[50] admiravelmente queimada, tão negro quanto os dentes de seu dono, mas perfumado, recurvado, luzidio, familiar à sua mão e complementar à sua fisionomia. Cornudet permaneceu imóvel, o olhar fixo ora nas chamas,

---

[50] Espuma do mar: magnesita — mineral de coloração clara, leve, usado para confecção de cachimbos e objetos ornamentais

ora na espuma da cerveja; e, cada vez que dava um gole, passava, com ar satisfeito, seus longos dedos magros nos longos pelos sebosos, enquanto chupava o bigode franjado de espuma.

Loiseau, com o pretexto de desenferrujar as pernas, foi negociar vinho nas vendas da redondeza. O conde e o manufatureiro puseram-se a falar de política. Previam o futuro da França. Um tinha fé nos Orléans[51], outro, em um salvador desconhecido, um herói que se revelaria quando tudo parecesse perdido: um Du Guesclin[52], uma Joana d'Arc[53] talvez? Ou um outro Napoleão I?[54] Ah, se o príncipe imperial[55] não fosse tão jovem! Cornudet, escutando-os, sorria como um homem conhecedor dos destinos. Seu cachimbo perfumava a cozinha.

---

[51] Orléans: referência à casa de Orléans, família nobre francesa que exerceu grande influência sobre os reis

[52] Du Guesclin: Bertrand du Guesclin (1320-1380), figura lendária que expulsou os ingleses de território francês, na Guerra dos Cem Anos

[53] Joana d'Arc: Jeanne d'Arc (1412-1431), heroína da Guerra dos Cem Anos, canonizada em 1920, é considerada, junto com Du Guesclin, símbolo do nacionalismo francês

[54] Napoleão I: Napoleão Bonaparte (1769-1821), general de grande conhecimento estratégico, depois de várias campanhas militares bem-sucedidas, fez-se coroar imperador , adotando o nome Napoleão I

[55] Príncipe imperial: referência a Eugênio Bonaparte, filho de Napoleão III

Quando soaram as dez horas, o sr. Follenvie apareceu. Interrogaram-no imediatamente, mas ele não fez senão repetir duas ou três vezes, sem qualquer variante, essas palavras:

– O oficial disse-me assim: "sr. Follenvie, o senhor proibirá que atrelem o carro amanhã. Não quero que partam sem minha ordem. Entendeu? É tudo".

Quiseram, então, ver o oficial. O conde enviou-lhe seu cartão, no qual o senhor Carré-Lamandon acrescentou seu nome e todos os seus títulos. O prussiano mandou dizer que permitiria que os dois homens lhe falassem depois que tivesse almoçado, o que significava por volta de uma hora.

As senhoras reapareceram e comeram alguma coisa, apesar da inquietação. Bola de Sebo parecia adoentada e prodigiosamente conturbada.

Terminavam o café quando o ordenança veio procurar aqueles senhores.

Loiseau juntou-se aos dois primeiros; mas, como tentavam arrastar Cornudet para dar mais solenidade à entrevista, ele declarou altivamente que esperava jamais estabelecer qualquer relação com os alemães; e voltou para junto da chaminé, pedindo outra caneca de cerveja.

Os três homens subiram e foram introduzidos no mais belo quarto do albergue, onde o oficial os recebeu, recostado numa poltrona, os pés sobre a chaminé, fumando um longo cachimbo de porcelana e envolvido num roupão vistoso, saqueado, sem dúvida, da residência abandonada de algum burguês de mau gosto. Não se levantou, não os saudou, não os olhou. Era uma magnífica amostra da insolência natural de militar vitorioso.

Ao cabo de alguns instantes, disse, enfim:

– O que querem?

O conde tomou a palavra: – Queremos partir, senhor.

– Não.

– Poderia perguntar-lhe a causa dessa recusa?

– Porque não quero.

– Gostaria de observar, respeitosamente, senhor, que o seu general comandante nos concedeu uma licença para viajar até Dieppe; e penso que não fizemos nada para merecer tais rigores.

– Não quero... É tudo... Podem descer.

Inclinaram-se os três e retiraram-se.

A tarde foi lamentável. Não compreendiam o porquê do capricho do alemão. E as ideias mais estranhas perturbavam as cabeças. Todos se encontravam na cozinha e discutiam infindavelmente, imaginando coisas inverossímeis. Queriam-nos talvez como reféns, mas, com que fim? Ou conduzi-los prisioneiros? Ou, antes, exigir-lhes um resgate considerável? A esse pensamento, o pânico assolou-os. Os mais ricos eram os mais apavorados, vendo-se já obrigados, para resgatar suas vidas, a esvaziar bolsas cheias de ouro nas mãos daquele soldado insolente. Quebravam a cabeça para descobrir mentiras aceitáveis, dissimular suas riquezas, fazer-se passar por pobres, muito pobres. Loiseau tirou a corrente do seu relógio e escondeu-a no bolso. A noite que caía aumentou as apreensões. A lâmpada foi acesa, e, como ainda tinham duas horas antes do jantar, a sra. Loiseau propôs uma partida de trinta e um[56]. Seria uma distração. Aceitaram. O próprio Cornudet, que apagou seu cachimbo por polidez, participou do jogo.

O conde baralhou as cartas; distribuiu. Bola de Sebo, já na primeira, fez trinta e um; e logo o interesse da partida acalmou o temor que rondava os espíritos. Mas Cornudet percebeu que o casal Loiseau combinava para trapacear.

---

[56] Trinta e um: jogo de cartas em que os jogadores procuram aproximar-se o mais possível do total de pontos, trinta e um, sem ultrapassá-lo. Também conhecido no Brasil como 21

Quando iam sentar-se à mesa, o sr. Follenvie reapareceu; e, com sua voz rouca, pronunciou:

– O oficial prussiano manda perguntar à srta. Elisabeth Rousset se ela ainda não mudou de opinião.

Bola de Sebo ficou de pé, pálida; depois, tornando-se subitamente escarlate, teve um tal acesso de cólera que sequer podia falar. Enfim, explodiu:

– O senhor dirá àquele crápula, àquele porco, àquela imundície de prussiano, que jamais consentirei; o senhor ouviu bem, jamais, jamais, jamais.

O corpulento dono do albergue saiu. Bola de Sebo, então, foi cercada, interrogada, solicitada por todos para esclarecer o mistério de sua visita. Ela resistiu no começo, mas logo se deixou arrebatar:

– O que ele quer?... O que ele quer?... Ele quer dormir comigo! – gritou ela.

Ninguém se chocou com as palavras, tão viva foi a indignação. Cornudet quebrou sua caneca, ao colocá-la violentamente sobre a mesa. Era um clamor de reprovação contra aquele soldadinho ignóbil[57], um sopro de cólera, uma união de todos pela resistência, como se tivessem pedido a cada um uma parte do sacrifício exigido dela. O conde

---

[57] Ignóbil: de caráter vil, baixo

declarou com desgosto que aquela gente se comportava como os antigos bárbaros. As mulheres, principalmente, testemunharam a Bola de Sebo uma comiseração enérgica e carinhosa. As freiras, que só apareciam às refeições, tinham abaixado a cabeça e nada diziam.

Jantaram, em todo caso, assim que passou o primeiro furor, mas falaram pouco: pensavam.

As senhoras retiraram-se cedo, e os homens, fumando, organizaram um carteado para o qual foi convidado o sr. Follenvie, porque tinham a intenção de interrogá-lo habilmente sobre quais meios empregar para vencer a resistência do oficial. Mas ele só pensava nas cartas, sem nada ouvir, sem nada responder, e repetia sem cessar:

– Ao jogo, senhores, ao jogo.

Sua atenção estava de tal modo tensa que se esquecia de cuspir, o que lhe punha, às vezes, sons de órgão no peito. Seus pulmões sibilantes apresentavam toda a gama[58] da asma, desde as notas graves e profundas até as rouquidões agudas dos galos novos tentando cantar.

Recusou-se até mesmo a subir, quando a mulher, que caía de sono, veio procurá-lo. Mas

---

[58] Gama: escala

ela foi sozinha, porque era madrugadora, levantando-se sempre com o sol, enquanto seu homem era notívago[59], sempre pronto a passar a noite com amigos. Ele gritou: – "coloque minha gemada perto do fogo", e voltou ao jogo. Quando perceberam que não podiam extrair nada dele, declararam que era tempo de recolher-se, e todos foram para a cama.

Levantaram-se ainda mais cedo no dia seguinte, com uma esperança indeterminada, um desejo maior de partir, um terror de passar o dia naquele horrível alberguezinho.

Ah! Os cavalos continuavam na estrebaria, o cocheiro permanecia invisível. Foram, por nada terem a fazer, andar em torno do carro.

O almoço foi bem triste; produzira-se como que uma espécie de esfriamento em relação a Bola de Sebo, porque a noite, que traz conselhos, tinha modificado um pouco os julgamentos. Sentiam, agora, quase aversão àquela mulher por ela não ter se encontrado secretamente com o prussiano, a fim de dar, pela manhã, uma boa surpresa aos seus companheiros. Haveria coisa mais simples? Ademais, quem o saberia? Ela poderia salvar as

---

[59] Notívago: aquele que anda ou vagueia à noite

aparências, mandando dizer ao oficial que só consentia por pena das aflições dos viajantes. Para ela, aquilo tinha tão pouca importância!

Mas ninguém confessava ainda seus pensamentos.

À tarde, como se aborreciam enormemente, o conde propôs fazer um passeio nos arredores da vila. Todos se agasalharam com cuidado e a pequena comitiva partiu, com exceção de Cornudet, que preferia ficar junto ao fogo, e as freiras, que passavam seus dias na igreja ou na casa do padre.

O frio, cada dia mais intenso, queimava cruelmente o nariz e as orelhas; os pés ficavam tão doloridos que cada passo era um sofrimento; e quando descortinaram o campo, este lhes pareceu tão terrivelmente lúgubre, sob aquela brancura ilimitada, que todos voltaram logo, a alma gelada e o coração apertado.

As mulheres caminhavam adiante, os três homens seguiam um pouco atrás.

Loiseau, que compreendia a situação, perguntou, de repente, se aquela rapariga iria fazê-los ficar muito tempo ainda naquele lugar desagradável. O conde, sempre cortês, disse que não podiam exigir de uma mulher um sacrifício tão penoso e que a decisão devia vir dela mesma. O sr. Carré-Lamadon observou que, se os franceses fizessem, como se esperava, uma contraofensiva[60] por Dieppe, o encontro só poderia acontecer em Tôtes. Essa reflexão deixou os outros dois preocupados.

– E se fugíssemos a pé? – perguntou Loiseau.

O conde levantou os ombros:

– Com essa neve? Com nossas mulheres? E, depois, seríamos imediatamente perseguidos, pegos em dez minutos e levados prisioneiros à mercê dos soldados.

Era verdade. Calaram-se.

As senhoras falavam de moda, mas um certo constrangimento parecia desuni-las.

Repentinamente, na extremidade da rua, apareceu o oficial. Sobre a neve que fechava o horizonte, ele projetava seu grande corpo de vespa uniformizada e caminhava, os joelhos afastados, com aquele movimento característico dos militares que se esforçam para não macular suas botas cuidadosamente lustradas.

Inclinou-se ao passar perto das senhoras e olhou desdenhosamente os homens que ti-

---

[60] Contraofensiva: operação conjunta que responde a um ataque do inimigo

veram, aliás, a dignidade de não se descobrir, embora Loiseau esboçasse um gesto para retirar o chapéu.

Bola de Sebo ficou vermelha até as orelhas; e as três senhoras casadas sentiam uma grande humilhação de serem assim encontradas por aquele soldado, na companhia daquela mulher que ele tratara com tanta liberdade.

Então falaram dele, de seu aspecto, de seu rosto. A sra. Carré-Lamadon, que havia conhecido muitos oficiais e que, como especialista no assunto, os julgava, não o achava tão feio assim e até mesmo lamentava que não fosse francês, pois daria um belo hussardo por quem todas as mulheres certamente enlouqueceriam.

Uma vez recolhidos, não souberam o que fazer. Trocaram mesmo palavras ásperas a propósito de coisas insignificantes. O jantar, silencioso, durou pouco e cada qual subiu para deitar-se, esperando dormir para matar o tempo.

Desceram no dia seguinte com o semblante fatigado e a alma aflita. As mulheres mal falavam com Bola de Sebo.

Soou um sino. Era um batizado. A moça gorducha tinha um filho, criado por uma família de camponeses de Yvetot. Ela só o via uma vez ao ano e jamais se lembrava dele; mas, ao pensar naquele que iam batizar, injetou-se-lhe no coração uma ternura súbita e violenta pelo seu, e quis assistir à cerimônia de todo jeito.

Assim que ela partiu, todos se olharam, em seguida aproximaram as cadeiras, pois sentiam que, afinal, era preciso decidir alguma coisa. Loiseau teve uma inspiração: julgava que se devia propor ao oficial que retivesse somente Bola de Sebo e deixasse partir os demais.

O Sr. Follenvie encarregou-se ainda uma vez da comissão, mas desceu quase imediatamente. O alemão, que conhecia a natureza humana, colocou-o para fora. Ele pretendia reter todos enquanto seu desejo não fosse satisfeito.

Então o temperamento plebeu da sra. Loiseau explodiu:

– Ora, pois, não vamos morrer de velhice aqui! Já que é seu ofício, o dessa rameira[61], de fazer isso com todos os homens, acho que ela não tem o direito de recusar um e não outro. Vejam vocês, essa aí pegou todos os que encontrou em Ruão, até os cocheiros! Sim, senhora, o cocheiro da prefeitura! Eu sei muito bem, ele compra vinho em nossa ven-

---

[61] Rameira: prostituta, meretriz

da. E hoje, que se trata de nos tirar do apuro, ela se faz de rogada, essa lambisgoia!... Acho até que esse oficial se porta muito bem. Talvez ele esteja privado desde muito tempo, e nós seríamos as três que ele, sem dúvida, teria preferido. Mas, não, ele contentou-se com aquela, que é de todo mundo. Respeita as mulheres casadas. Pensem bem, ele é o senhor. Bastaria dizer "eu quero" e poderia tomar-nos à força com seus soldados.

As duas mulheres tiveram um pequeno estremecimento. Os olhos da graciosa sra. Carré-Lamadon brilhavam, e ela estava um pouco pálida, como se já se sentisse tomada à força pelo oficial.

Os homens, que discutiam afastados, aproximaram-se. Loiseau, furibundo, queria entregar "aquela miserável" ao inimigo, com pés e mãos atados. Mas o conde, descendente de três gerações de embaixadores e dotado de um físico de diplomata, era partidário da habilidade:

– É preciso convencê-la – disse ele.

Então conspiraram.

As mulheres acercaram-se, abaixou-se o tom de voz e a discussão generalizou-se, cada um dando sua opinião. Ademais, era muito conveniente. Aquelas senhoras encontravam delicados torneios, encantadoras sutilezas de expressão, para dizer as coisas mais escabrosas. Eram tão observadas as precauções da linguagem que um estrangeiro não teria compreendido nada. Mas, como a fina camada de pudor com que toda mulher da alta sociedade se envolve não recobre senão a superfície, elas se regozijavam[62] com aquela aventura licenciosa, divertiam-se loucamente, sentindo-se, no fundo, no seu elemento, manuseando o amor com a sensualidade de um cozinheiro glutão que prepara a ceia de um outro.

Ao fim, tão engraçada lhes parecia a história, que a alegria voltou por si mesma. O conde encontrou gracejos um pouco ousados, mas tão bem ditos que faziam sorrir. Loiseau, por sua vez, soltou algumas piadas mais pesadas, mas ninguém se sentiu ferido; e o pensamento brutalmente expresso por sua mulher dominava todos os espíritos: "Já que é o ofício dessa mulher, ela não tem o direito de recusar um e não outro". A gentil sra. Carré-Lamadon parecia mesmo pensar que, se estivesse no lugar de Bola de Sebo, muito menos recusaria aquele.

Prepararam longamente o cerco, como se para investir contra uma fortaleza. Cada qual

---

[62] Regozijavam: alegravam

elegeu o papel que representaria, os argumentos em que se apoiaria, as manobras que deveria executar. Estabeleceram o plano dos ataques, as artimanhas a empregar e as surpresas do assalto para forçar aquela cidadela[63] viva a receber o inimigo na praça.

Cornudet, entretanto, permanecia afastado, completamente alheio àquele assunto.

Uma profunda atenção tensionava tanto os espíritos, que não ouviram Bola de Sebo entrar. Mas o conde assoprou um ligeiro "Psiu" que fez todos os olhos se levantarem. Ela estava lá. Calaram-se bruscamente, e certo constrangimento impediu-os, inicialmente, de falar-lhe. A condessa, mais acostumada que os outros às duplicidades dos salões, interrogou-a:

– O batizado foi divertido?

A roliça jovem, ainda comovida, contou tudo, as fisionomias, as atitudes, o aspecto da igreja. Acrescentou:

– É tão bom rezar algumas vezes!

Entretanto, até o almoço, as senhoras contentaram-se em ser amáveis com ela, para aumentar sua confiança e docilidade aos conselhos.

---

[63] Cidadela: fortaleza que protege uma cidade, baluarte

Tão logo sentaram-se à mesa, começaram as aproximações. Foi, no princípio, uma conversa vaga sobre a abnegação[64]. Citaram antigos exemplos: Judith e Holofernes[65], depois, sem nenhuma razão, Lucrécia com Sextus[66], Cleópatra[67], que fez passar em seu leito todos os generais inimigos, reduzindo-os à condição de escravos servis. Então se desenrolou uma história fantasiosa, saída da imaginação daqueles milionários ignorantes, na qual as cidadãs romanas iam até Capua adormecer Aníbal[68] entre seus braços e, com ele, os tenentes e as falanges de mercenários. Citaram todas as mulheres que deti-

---

[64] Abnegação: sacrifício voluntário dos próprios desejos em nome de alguma causa, pessoa ou princípio

[65] Judith e Holofernes: referência à história bíblica de Judith, a hebreia, que seduz Holofernes, general do exército da Assíria, e, depois de embebedá-lo, corta-lhe a cabeça (JUD, IV, 10-13)

[66] Lucrécia e Sextus: segundo a lenda, Sextus Tarquínius, filho de Tarquínius, odiado rei de Roma, rapta e obriga a casta Lucrécia ao adultério. Em resposta, ela suicida-se, levando a família e a população de Roma ao levante, destronando o rei e instaurando a República

[67] Cleópatra: rainha do Egito que seduziu e se casou com dois generais romanos, Júlio Cesar e, posteriormente, Marco Antonio, visando à união política de dois grandes Estados, a monarquia egípcia e a república imperial de Roma

[68] Aníbal: segundo a lenda, Aníbal, grande general cartaginês, na segunda guerra púnica, passou o inverno em Capua, em meio aos prazeres, perdendo a oportunidade de tomar Roma, indefesa e ao alcance de sua espada

veram os conquistadores fazendo de seus corpos um campo de batalha, um meio de dominar, uma arma; que venceram com seus carinhos heroicos seres abomináveis ou detestáveis e sacrificaram sua castidade à vingança e à abnegação.

Falaram até mesmo, em termos velados, daquela inglesa, de família importante, que se deixou inocular por uma doença horrível e contagiosa para transmiti-la a Bonaparte, salvo milagrosamente, por uma fraqueza súbita, na hora do encontro fatal.

E tudo era contado de maneira conveniente e moderada, em que sobressaía, às vezes, um proposital entusiasmo para estimular a emulação[69].

Poder-se-ia crer, afinal, que o único papel da mulher sobre a terra era um perpétuo sacrifício de sua pessoa, um contínuo abandono aos caprichos da soldadesca.

As duas freiras pareciam nada ouvir, perdidas em profundos pensamentos. Bola de Sebo nada dizia.

Deixaram-na refletir, durante toda a tarde. Mas, em vez de chamá-la de "senhora", como tinham feito até então, diziam-lhe simplesmente "senhorita", sem que ninguém soubesse exatamente por quê, como se quisessem fazê-la descer um

---

[69] Emulação: competição, disputa, concorrência

degrau na estima que ela havia escalado, fazê-la perceber sua situação vergonhosa.

No momento em que serviram a sopa, o sr. Follenvie reapareceu, repetindo sua frase da véspera:

– O oficial prussiano manda perguntar à srta. Elisabeth Rousset se ela ainda não mudou de opinião.

Bola de Sebo respondeu secamente:

– Não, senhor.

Mas, no jantar, a coalizão[70] enfraqueceu. Loiseau disse três frases infelizes. Cada qual quebrava a cabeça para descobrir novos exemplos sem encontrar nada, quando a condessa, talvez de modo não premeditado, experimentando uma vaga necessidade de render homenagem à religião, interrogou a mais velha das freiras sobre os grandes feitos da vida dos santos. Ora, muitos haviam cometido atos que seriam crimes a nossos olhos, mas a Igreja absolve sem dificuldade tais pecados quando são cometidos para a glória de Deus ou para o bem do próximo. Era um argumento poderoso, de que a condessa se aproveitou. Então, seja por um desses entendimentos tácitos, dessas complacências[71] veladas, em que se

---

[70] Coalizão: acordo político para alcançar um objetivo comum, aliança

[71] Complacências: ações para corresponder ao desejo de outrem de modo a lhe ser agradável

destacam os que usam um hábito eclesiástico, seja simplesmente por efeito de um feliz mal-entendido, de uma tolice providencial, a velha religiosa trouxe um formidável apoio à conspiração. Acreditavam-na tímida, mas ela se mostrou ousada, loquaz[72], violenta. Aquela não era perturbada pelos titubeios da casuística[73]; sua doutrina parecia uma barra de ferro; sua fé não hesitava jamais; sua consciência não tinha escrúpulos. Ela julgava muito natural o sacrifício de Abraão[74], porque teria matado imediatamente pai e mãe, acatando uma ordem vinda do céu; e nada, a seu ver, poderia desagradar ao Senhor quando a intenção era louvável. A condessa, aproveitando a autoridade sagrada de sua cúmplice inesperada, obrigou-a a fazer como que uma paráfrase[75] edificante[76] desse axioma[77] moral: "O fim justifica os meios".

Ela a interrogava:

---

[72] Loquaz: que fala muito, que demonstra prazer em falar
[73] Casuística: exames de casos cotidianos em que se apresentam dilemas morais entre as leis de uma doutrina e as circunstâncias concretas em que tais leis devem ser aplicadas
[74] Sacrifício de Abraão: referência à passagem bíblica em que Deus testa Abraão, exigindo-lhe o sacrifício de Isaac, seu único filho (Gênesis, 22)
[75] Paráfrase: maneira diferente de dizer algo que já foi (ou será) dito
[76] Edificante: cheia de virtudes
[77] Axioma: fórmula que se aceita como correta

– Então, irmã, julga que Deus aceita todos os caminhos e perdoa o fato, quando o motivo é puro?

– Quem poderia duvidar disso, senhora? Uma ação censurável em si torna-se frequentemente meritória pelo pensamento que a inspira.

E continuavam, assim, elucidando os desígnios[78] de Deus, prevendo suas decisões, fazendo-o interessar-se por coisas que, na verdade, não lhe concerniam[79].

Tudo isso era velado, hábil, discreto. Mas cada fala da santa mulher de touca abria uma brecha na resistência indignada da cortesã. Depois, tendo a conversa se desviado um pouco, a mulher dos rosários pendentes falou das casas de sua ordem, de sua superiora, dela mesma e de sua encantadora vizinha, a querida irmã Santa Nicéfora. Haviam sido chamadas para cuidar de centenas de soldados atacados de varíola, nos hospitais do Havre. Descreveu esses miseráveis, detalhou a doença. E, enquanto estavam retidas na estrada pelo capricho daquele prussiano, um grande número de franceses, que elas talvez pudessem salvar, podia morrer!

---

[78] Desígnios: intenções, propósitos, vontades
[79] Concerniam: importavam, diziam respeito

Era sua especialidade cuidar de militares; tinha estado na Crimeia, na Itália, na Áustria, e, contando suas campanhas, revelou-se de repente uma dessas religiosas de tambor e corneta, que parecem feitas para seguir os acampamentos, recolher os feridos no redemoinho das batalhas e, melhor que um chefe, dominar com uma palavra os soldados indisciplinados; uma verdadeira irmã Rataplan[80], cuja face assolada[81], crivada de um sem número de furos, parecia uma imagem das devastações da guerra.

Ninguém disse nada depois dela, de tal modo o efeito parecia excelente.

Assim que a refeição terminou, subiram rapidamente para os quartos e só desceram, na manhã seguinte, quando já ia alta a manhã.

O almoço foi tranquilo. Davam ao grão semeado na véspera o tempo de germinar e lançar seus frutos.

A condessa propôs darem um passeio à tarde. Então, o conde, como estivesse de acordo, tomou o braço de Bola de Sebo e ficou atrás dos outros, com ela.

---

[80] Rataplan: onomatopeia do ruído dos tambores. No caso, refere-se ao já dito anteriormente – religiosa de tambor e corneta – acentuando o caráter militar da freira.

[81] Assolada: devastada, arruinada

Falou-lhe naquele tom familiar, paternal, um pouco desdenhoso, que os homens importantes empregam com as moças, chamando-a "minha querida criança", tratando-a do alto de sua posição social, de sua indiscutível honorabilidade. Penetrou logo no cerne da questão:

– Então, você prefere deixar-nos aqui, a nós e a você mesma, expostos a todas as violências que se seguiriam a uma derrota das tropas prussianas? Prefere isso a consentir numa dessas complacências que tão frequentemente ocorreram em sua vida?

Bola de Sebo não respondeu nada.

Ele apelou para a brandura, para o racional, para os sentimentos. Soube permanecer "o senhor conde", mostrando-se todo galante quando necessário, lisonjeiro, amável enfim. Exaltou o serviço que ela lhes prestaria, falou do reconhecimento de todos, depois, de repente, tuteando-a[82] alegremente:

– E, sabe, querida, ele poderia vangloriar-se de ter provado uma bela mulher, como não haverá muitas em seu país.

---

[82] Tuteando: tratando-a por "tu". Em francês, significa tratar com relativa intimidade

Bola de Sebo não respondeu, e juntou-se ao grupo.

Assim que chegaram, ela subiu para o quarto e não reapareceu mais. A inquietação era extrema. Que iria ela fazer? Se resistisse, que transtorno!

Soou a hora do jantar; esperaram-na em vão. Então, o sr. Follenvie, entrando, anunciou que a srta. Rousset se sentia indisposta, e que eles podiam sentar-se à mesa. Todos aguçaram o ouvido. O conde aproximou-se do dono do albergue e, baixinho:

– E então?

– Sim.

Por conveniência, não disse nada a seus companheiros, mas apenas acenou-lhes ligeiramente com a cabeça. Logo um grande suspiro de alívio saiu de todos os peitos, a alegria apareceu nas fisionomias. Loiseau gritou:

– Com mil demônios! Pago o champanhe, se houver neste albergue!

E a sra. Loiseau sentiu um aperto de angústia quando o patrão veio com quatro garrafas nas mãos. Todos se tornaram comunicativos e ruidosos; uma viva alegria enchia os corações. O conde pareceu dar-se conta de que a sra. Carré--Lamadon era charmosa, o manufatureiro fez cumprimentos à condessa. A conversa foi viva, aprazível, colorida.

De repente, Loiseau, com a fisionomia ansiosa e erguendo os braços, gritou:

– Silêncio!

Todos se calaram, surpresos, já quase assustados. Então ele se esforçou para ouvir, fazendo "Psiu!" com as duas mãos, ergueu os olhos em direção ao teto, escutou de novo e retomou, com voz natural:

– Fiquem tranquilos, tudo vai bem.

Hesitaram em compreender, mas logo abriram-se em sorrisos.

Ao fim de um quarto de hora, recomeçou a mesma farsa e a repetiu amiúde durante o serão; e fingia interpelar alguém no andar superior, dando-lhe conselhos de duplo sentido, retirados de seu espírito de caixeiro-viajante. De vez em quando, tomava um ar triste e suspirava: "Pobre mulher!" Ou então murmurava por entre dentes, com ar raivoso: "Prussiano canalha!"

Algumas vezes, quando menos se esperava, lançava com voz vibrante vários: "Basta! Basta!", e acrescentava, como se falando consigo mesmo:

– Tomara que a vejamos novamente; que não a mate, aquele miserável!

Ainda que as brincadeiras fossem de gosto deplorável, divertiam e não feriam ninguém, porque a indignação, como o resto, depende do meio, e a atmosfera que se criou em torno deles estava carregada de pensamentos maliciosos.

À sobremesa, as próprias mulheres fizeram alusões espirituosas[83] e discretas. Os olhares brilhavam: tinham bebido muito. O conde, que conservava, mesmo nos excessos, sua aparência de gravidade, fez uma comparação muito apreciada com o fim dos rigores do inverno no polo e a alegria dos náufragos que veem abrir-se um caminho para o sul.

Loiseau, arrebatado, levantou-se, um copo de champanhe nas mãos:

– Bebo à nossa libertação!

Todo mundo ficou de pé; aclamaram-no. As próprias religiosas, instadas pelas senhoras, consentiram em molhar os lábios naquele vinho espumante que jamais tinham provado. Declararam que era parecido com limonada gaseificada, mas que, entretanto, era mais fino.

Loiseau resumiu a situação.

– É pena não ter um piano aqui, porque poderíamos tocar uma quadrilha.

---

[83] Espirituosas: inteligentemente engraçadas

Cornudet não havia dito uma palavra, feito sequer um gesto; parecia mesmo mergulhado em pensamentos muito graves e às vezes puxava sua grande barba com um gesto furioso, como se quisesse alongá-la ainda mais. Enfim, por volta de meia-noite, como iam separar-se, Loiseau, que cambaleava, deu-lhe um tapa na barriga e disse engrolando[84] as palavras:

– Esta noite você não está para brincadeira, não é? Não diz nada, cidadão?

Mas Cornudet levantou bruscamente a cabeça e, percorrendo o grupo com um olhar fulminante e terrível:

– Digo a todos que acabaram de cometer uma infâmia!

Levantou-se, ganhou a porta, repetiu ainda uma vez:

– Uma infâmia! – e desapareceu.

Inicialmente, isso produziu um frio no grupo. Loiseau, surpreendido, ficou como tonto, mas aprumou-se e, de repente, contorcendo-se de riso repetia:

– Estão verdes[85], meu velho, estão muito verdes.

---

[84] Engrolando: pronunciando de modo indistinto, embolando
[85] Estão verdes: referência à fábula atribuída a Esopo e reescrita por La Fontaine, *A raposa e as uvas*, na qual a raposa, não

Como não o compreendiam, ele contou os "mistérios do corredor". Então retornaram à formidável alegria. As senhoras divertiam-se como loucas. O conde e o sr. Carré-Lamadon choravam de tanto rir. Não podiam acreditar.

– Como! Você tem certeza? Ele queria ...

– Digo que eu o vi.

– E ela o recusou...

– Porque o prussiano estava no quarto ao lado.

– É possível?

– Juro.

O conde sufocava. O industrial comprimia o ventre com as duas mãos. Loiseau continuava:

– Vocês entendem por que esta noite não lhe parece nada engraçada, nem um pouco.

E os três recomeçaram, frouxos, asfixiados, tossindo de tanto rir.

Separaram-se ali. Mas a sra. Loiseau, que era da mesma natureza da urtiga[86], observou a seu marido, no momento em que se deitavam, que "aquela lambisgoia" da pequena Carré-Lamadon esteve rindo amarelo durante toda a noite:

---

podendo alcançar as uvas no alto, diz, desdenhando-as, estarem elas ainda verdes

[86] Urtiga: tipo de planta com folhas cobertas de pelos que causam irritação à pele

– Sabe, as mulheres, quando gostam de farda, tanto faz ser francês ou prussiano, para elas é tudo igual. Deus me livre, Senhor Deus!

E toda a noite, na obscuridade do corredor, correram como que estremecimentos, ruídos leves, pouco audíveis, semelhantes a sopros, roçar de pés nus, imperceptíveis estalidos. E, seguramente, só dormiram tarde da noite, porque os fachos de luz deslizaram sob a porta durante muito tempo. O champanhe tem desses efeitos; dizem que atrapalha o sono.

No dia seguinte, um claro sol de inverno tornava a neve ofuscante. A diligência, atrelada enfim, esperava diante da porta, enquanto um exército de pombos brancos, envoltos em suas plumas espessas, com olhos róseos marcados no centro por um ponto negro, passeava gravemente entre as pernas dos seis cavalos e cavavam sua vida no esterco fumegante que eles espalhavam.

O cocheiro, envolto em sua pele de carneiro, fumava o cachimbo no seu assento, e todos os passageiros, radiantes, mandavam empacotar rapidamente as provisões para o resto da viagem.

Esperavam apenas por Bola de Sebo. Ela apareceu.

Parecia um pouco confusa, envergonhada; e avançou timidamente em direção a seus companheiros, os quais, todos, no mesmo movimento, viraram-se como se não a tivessem notado. O conde tomou, com dignidade, o braço de sua mulher e distanciou-se daquele contato impuro.

A rechonchuda mulher parou, estupefata; então, reunindo toda sua coragem, abordou a mulher do manufatureiro com um "bom dia, senhora", humildemente murmurado. A outra fez com a cabeça uma pequena saudação impertinente, acompanhada de um olhar de virtude ultrajada[87]. Todo mundo parecia atarefado e mantinha-se longe, como se ela trouxesse uma infecção em suas saias. Depois, precipitaram-se para o carro, ao qual ela chegou sozinha, a última, e retomou em silêncio o lugar que tinha ocupado durante a primeira parte da estrada.

Pareciam não a ver, não a conhecer; mas a sra. Loiseau, olhando-a de longe com indignação, disse a meia voz a seu marido:

– Felizmente não estou sentada ao lado dela.

A pesada carruagem movimentou-se e a viagem recomeçou.

Não falaram nada no começo. Bola de Sebo não ousava levantar os olhos. Ela se sentia ao

---

[87] Ultrajada: desrespeitada, afrontada

mesmo tempo indignada contra todos os seus vizinhos e humilhada por ter cedido, suja pelos beijos daquele prussiano, em cujos braços, hipocritamente, jogaram-na.

Mas a condessa, voltando-se para a sra. Carré-Lamadon, rompeu logo aquele penoso silêncio.

– Certamente conhece a sra. d'Etrelles, não?

– Sim, é uma de minhas amigas.

– Que mulher encantadora!

– Fascinante! Uma verdadeira expressão da elite, muito instruída, aliás, e artista até o último fio de cabelo; canta esplendidamente e desenha que é uma perfeição.

O manufatureiro conversava com o conde, e, em meio ao ruído dos vidros, uma palavra às vezes sobressaía: "ações", "vencimento", "bônus", "prazo".

Loiseau, que tinha surrupiado do albergue um velho jogo de cartas de baralho, ensebado pelo roçar nas mesas mal limpas durante cinco anos, começou um besigue[88] com sua mulher.

As freiras tomaram o longo rosário que pendia de suas cinturas, fizeram juntas o sinal da cruz e, de imediato, seus lábios começaram a mover-se

---

[88] Besigue: jogo de cartas que ocupa dois baralhos

rapidamente, apressando-se cada vez mais, precipitando seu vago murmúrio como se tratasse de uma corrida de *oremus*[89]; e, de tempos em tempos, beijavam uma medalha, benziam-se de novo, depois recomeçavam seu resmungo rápido e contínuo.

Cornudet pensava, imóvel.

Ao fim de três horas de estrada, Loiseau juntou suas cartas:

– Bateu a fome, disse ele.

Então sua mulher alcançou um embrulho de onde fez sair um pedaço de vitela fria. Cortou-o habilmente em fatias finas e firmes, e os dois puseram-se a comer.

– Se fizéssemos o mesmo? – perguntou a condessa. Com o consentimento, ela tirou da embalagem as provisões preparadas para os dois casais. Havia em uma dessas vasilhas alongadas, cuja tampa traz uma lebre em porcelana para indicar que dentro há uma lebre em patê, uma suculenta terrina[90], com brancas tiras de toucinho que atravessavam a carne escura da caça, misturada com outras carnes picadas. Um belo pedaço de

---

[89] *Oremus*: convite à oração, dito antes de curtas orações no ritual da missa católica

[90] Terrina: neste contexto, significa espécie de patê de fabricação caseira. Também designa a vasilha em que é servido

gruyère[91], embrulhado em jornal, trazia impresso "curiosidades" sobre sua massa untuosa.

As duas religiosas desembrulharam uma fieira de salsichão que cheirava a alho. Cornudet, mergulhando as duas mãos ao mesmo tempo nos grandes bolsos de seu enorme paletó, tirou de um quatro ovos duros e do outro a crosta de um pão. Descascou os ovos, jogou as cascas sob seus pés na palha e pôs-se a mordê-los, deixando cair sobre sua vasta barba pedaços de gema, que, lá dentro, pareciam estrelas.

Bola de Sebo, na pressa e no atenazamento de seu despertar, não pudera pensar em nada; olhava, exasperada, sufocando de raiva, toda aquela gente que comia placidamente. No princípio, uma cólera violenta a crispou e ela abriu a boca para gritar-lhes umas boas numa onda de injúrias que lhe subia aos lábios; mas não podia falar, de tal modo a exasperação a estrangulava.

Ninguém a olhava, não se importava com ela. Sentia-se afogada no desprezo daqueles honestos canalhas que a haviam sacrificado no início e rejeitado em seguida, como uma coisa suja e inútil. Pensou então no seu grande cesto cheio de boas coisas que eles tinham devorado gulosamente, nos dois frangos

---

[91] Gruyère: um tipo de queijo

reluzentes de gelatina, nos seus patês, nas suas peras, nas suas quatro garrafas de Bordeaux. Sua ira despencou subitamente, como uma corda muito tensa que se rompe, e ela se sentiu prestes a chorar. Fez esforços terríveis, contraiu-se, engoliu os soluços como as crianças, mas o choro subia, brilhava nas bordas de suas pálpebras, e, logo, duas grossas lágrimas, despregando-se dos olhos, rolaram lentamente sobre suas bochechas. Outras as seguiram mais rápido, correndo como as gotas d'água que brotam de uma rocha, e caindo regularmente sobre a curva saliente de seu peito. Ela permanecia ereta, o olhar fixo, a face rígida e pálida, esperando que não a vissem.

Mas a condessa percebeu e avisou o marido com um sinal. Ele levantou os ombros como para dizer: "Fazer o quê, a culpa não é minha". A sra. Loiseau estampou um riso mudo de triunfo e murmurou:

– Ela chora sua vergonha.

As duas freiras tinham recomeçado a rezar, depois de ter embrulhado num papel o resto de seu salsichão.

Então, Cornudet, que digeria os ovos, estendeu suas longas pernas sob a banqueta em frente, recostou-se, cruzou os braços, sorriu como um homem que acaba de encontrar uma boa brincadeira e pôs-se a assoviar a *Marselhesa*.

Todas as fisionomias se fecharam. O canto popular, seguramente, não agradava aos seus vizinhos. Ficaram nervosos, agastados, e pareciam prestes a uivar como cães que ouvem um realejo. Ele se deu conta disso e não parou mais. Às vezes, até cantarolava as palavras:

> Amour sacré de la patrie,
> Conduis, soutiens nos bras vengeurs,
> Liberté, liberté chérie,
> Combats avec tes défenseurs![92]

Fugiam mais rápido, com a neve mais dura; e até Dieppe, durante as longas horas mornas da viagem, em meio aos solavancos do caminho, pela noite que caía, depois na obscuridade profunda do carro, ele continuou, com uma obstinação feroz, seu assobio vingativo e monótono, obrigando os espíritos cansados e exasperados a acompanhar o canto do começo ao fim e lembrar-se de cada palavra que correspondia a cada compasso.

E Bola de Sebo continuava a chorar. Às vezes, um soluço que ela não conseguira reter atravessava as trevas, entre duas estrofes.

---

[92] Amor sagrado da pátria,
Conduze, sustenta nossos braços vingadores,
Liberdade, liberdade querida,
Combate com teus defensores!

NOTA da edição das *Obras completas* de Guy de Maupassant. Paris: Louis Conard, 1926 –*Bola de Sebo* realmente existiu e seu nome verdadeiro era Adrienne Legay

ROSALIE PRUDENT

Havia, de fato, um mistério naquele caso que nem os jurados, nem o presidente, nem o próprio procurador da República chegavam a compreender.

A jovem Prudent (Rosalie), doméstica na casa dos Varambot, de Mantes, grávida sem que seus patrões o soubessem, tinha dado à luz, durante a noite, na mansarda[1]; depois, matado e enterrado sua criança no jardim.

Era essa a história corrente de todos os infanticídios cometidos pelas domésticas. Mas um fato continuava inexplicável. A busca operada no quarto da jovem Prudent tinha levado à descoberta de um enxoval completo de criança, feito pela própria Rosalie, que passara suas noites a cortar e a costurar durante três meses. O dono

---

[1] Mansarda: parte da casa situada entre os telhados (águas) de uma casa e transformada em último andar habitável; água-furtada

da venda em que havia comprado a vela, paga com o que ganhava por aquele longo trabalho, veio testemunhar. Ademais, ele continuava, a parteira do distrito, informada por Rosalie de sua condição, deu-lhe todas as instruções necessárias e conselhos no caso de o parto acontecer numa hora em que não fosse possível obter ajuda. Ela tinha inclusive procurado um lugar em Poissy para a jovem Prudent, que previa sua dispensa, porque o casal Varambot era rígido quanto à moral.

Estavam lá, presentes aos tribunais, o homem e a mulher, pequenos proprietários de província, exasperados contra aquela ... que havia manchado seu lar. Queriam vê-la guilhotinada imediatamente, sem julgamento, e a oprimiam com depoimentos odiosos, em suas bocas tornados acusações.

A ré, uma bela e grande jovem da Baixa Normandia, bastante instruída para sua condição, chorava sem cessar e não respondia nada.

Foram obrigados a acreditar que ela tinha cometido aquele ato bárbaro num momento de desespero e de loucura, já que tudo indicava que ela esperava proteger e educar seu filho.

O juiz tentou mais uma vez fazê-la falar, obter confissões e, tendo solicitado com grande brandura, ele a fez enfim compreender que todos aqueles homens reunidos para julgá-la não queriam sua morte e podiam até mesmo perdoá-la.

Então ela se decidiu.

Ele perguntou:

– Vejamos: para começar, diga-nos quem é o pai daquela criança.

Até ali, ela o tinha ocultado obstinadamente.

Respondeu de repente, olhando seus patrões, que acabavam de caluniá-la com raiva:

– É o sr. Joseph, o sobrinho do sr. Varambot.

O casal teve um sobressalto e gritou ao mesmo tempo:

– É falso! Ela mente. É uma infâmia.

O presidente os fez calar e retomou:

– Continue, eu lhe peço, e diga-nos como isso aconteceu.

Então, bruscamente, ela se pôs a falar com abundância, aliviando seu coração fechado, seu pobre coração solitário e machucado, despejando agora sua mágoa, toda sua mágoa, diante daqueles homens severos que até então tinha tomado por inimigos e juízes inflexíveis.

– Sim, foi o sr. Joseph Varambot, quando veio de licença no ano passado.

– O que o sr. Joseph Varambot faz?

– Ele é suboficial de artilharia, senhor. Então, ficou dois meses na casa. Dois meses de verão. Eu não pensava em nada quando ele se pôs a me olhar, e depois a me dizer lisonjas, e depois a me bajular durante todo o dia. Eu me deixei levar, senhor. Ele me repetia que eu era uma bela moça, que era agradável... que era de seu gosto... Claro que aquilo me agradava... Que querem vocês? Dão-se ouvidos a essas coisas quando somos sós... tão sós... como eu. Sou sozinha sobre a terra, senhor... não tenho ninguém com quem falar... ninguém a quem contar meus aborrecimentos... Nem pai, nem mãe, nem irmão, nem irmã, ninguém! Parecia-me um irmão que retornava quando se punha a conversar comigo. E, depois, ele me pediu que fosse até à margem do rio uma tarde, para falar sem fazer barulho. Eu fui, eu... eu o sabia? Eu o soube depois? Ele me abraçava... Seguramente, eu não queria... não... não... eu não pude... O ar era tão doce que eu tinha vontade de chorar... havia luar... eu não pude... não... eu lhes juro... eu não pude... ele fez o que quis. Isso durou ainda três semanas, enquanto ele permaneceu lá... Eu o teria seguido ao fim do mundo... ele partiu... Eu não sabia que estava grávida, eu!... Só o soube no mês seguinte...

Ela se pôs a chorar tão forte que precisaram dar-lhe um tempo para se recompor.

Depois, o presidente recomeçou com um tom de padre no confessionário:

– Vejamos... continuemos.

Ela recomeçou a falar:

– Quando percebi que estava grávida, preveni a sra. Boudin, a parteira, que está lá para isso; e perguntei-lhe como fazer, caso o parto se desse sem ela. Depois, fiz o enxoval, noite após noite, até uma hora da manhã todos os dias; e então fui procurar um outro lugar, porque sabia que seria despedida; mas eu queria ficar na casa até o fim, para economizar os vinténs, já que eu não tinha nada e eles seriam necessários para o pequeno...

– Então você não pretendia matá-lo?

– Claro que não, senhor.

– Por que você o matou?

– Eis o que ocorreu: as dores chegaram mais cedo do que eu imaginava. Chegaram-me na cozinha, quando eu terminava de lavar a louça.

O sr. e a sra. Varambot já dormiam; então eu subi, com dificuldade, arrastando-me pela escada; e deitei-me no chão, sobre a laje, para não sujar meu leito. O trabalho de parto durou cerca de uma hora, talvez duas, talvez três; não sei, tantas as dores; e, depois, empurrei-o com toda minha força, senti que saía e o abracei.

Sim, claro que eu estava contente! Eu tinha feito tudo o que a sra. Boudin me tinha dito, tudo! Coloquei o bebê sobre a minha cama! Em seguida, a dor voltou, mas uma dor de morrer.– Se vocês tivessem passado por aquilo, garanto que não suportariam – Dobrei-me sobre os joelhos, depois deitei-me de costas, no chão, e isso levou talvez mais uma hora, talvez duas, lá, sozinha... e depois saiu um outro, um outro bebê...., dois..., sim..., dois!... Peguei-o, como fizera com o primeiro, e depois coloquei-o sobre o leito, lado a lado – dois! Seria possível? Duas crianças! Eu, que ganho 20 francos por mês! – Digam-me... é possível? Um, sim, pode ser, privando-se... mas não dois! Fiquei atordoada. Como eu saberia? – Eu tinha escolha, digam-me?

Eu é que sei! Vi-me no fim de meus dias! Coloquei-lhes o travesseiro por cima, sem atinar... Eu não podia cuidar de dois... e deitei-me por cima de tudo. Depois, fiquei rolando e chorando na cama até ver o dia chegar pela janela; eles estavam mortos sob o travesseiro, com certeza. Então tomei-os nos braços, desci a escada, saí para a horta, peguei a enxada do jardineiro e os enterrei, o mais profundamente que podia, um aqui, depois o outro lá, não juntos, para que eles não falassem de sua mãe, se é que bebês mortos falam, sei lá!

E depois, em minha cama, fiquei tão mal que não pude levantar-me. Chamaram o médico, que compreendeu tudo. Esta é a verdade, sr. juiz. Faça como quiser, estou pronta.

A metade dos jurados assoava o nariz seguidamente para não chorar. Mulheres soluçavam na plateia.

O presidente interrogou:

– Em que lugar você enterrou o outro?

Ela perguntou:

– Qual deles vocês encontraram?

– Mas... aquele... aquele que estava nas alcachofras.

– Ah, certo! O outro está nos morangueiros, junto ao poço.

E pôs-se a soluçar tão forte que gemia de cortar os corações.

A jovem Rosalie Prudent foi absolvida.

LUAR

Caía-lhe muito bem o nome de uma batalha, abade Marignan[1]. Era um padre alto, magro, fanático, de alma sempre exaltada, mas direito. Todas as suas crenças eram fixas, sem nenhuma oscilação. Ele imaginava sinceramente conhecer seu Deus, penetrar em seus desígnios, suas vontades, suas intenções.

Quando passeava a passos largos na alameda de seu pequeno presbitério[2] rural, algumas vezes uma interrogação se alçava em seu espírito:

– Por que Deus fez isso?

Buscava obstinadamente, colocando-se em pensamento no lugar de Deus; e quase sempre encontrava a resposta. Não poderia ser ele aquele que murmurara num transe de piedosa humildade:

---

[1] Marignan: referência à violenta batalha de Marignan (1515), movida por François I, rei da França, contra os suíços e milaneses
[2] Presbitério: residência paroquial

– Senhor, vossos desígnios são impenetráveis!
Ele dizia consigo mesmo:

– Sou o servo de Deus, devo conhecer suas razões de agir e adivinhá-las se não as conheço.

Tudo na natureza lhe parecia criado com uma lógica absoluta e admirável. Os "por quês" e os "porquês" equilibravam-se sempre. As auroras eram feitas para alegrar o despertar, os dias para amadurecer a plantação, as chuvas, para regá-la, as tardes, para preparar o sono e as noites escuras, para dormir.

As quatro estações correspondiam perfeitamente a todas as necessidades da agricultura; e ao padre jamais chegou a dúvida de que a natureza não tivesse intenções, e que, ao contrário, tudo o que vive obedeceu às duras necessidades das épocas, dos climas e da matéria.

Mas ele odiava a mulher, odiava-a inconscientemente e a desprezava por instinto. Repetia frequentemente as palavras de Cristo: "Mulher, o que há de comum entre mim e ti?"[3], e acrescentava: "Dizem que o próprio Deus se sentia descontente com aquela obra".

---

[3] Referência às palavras de Jesus, ditas a sua mãe, nas bodas de Caná (João 2:4)

A mulher era para ele a criança 12 vezes impura da qual fala o poeta[4]. Era a tentação que seduziu o primeiro homem e que, ser frágil, perigoso, misteriosamente perturbador, continuava sempre sua obra de danação[5]. Mais ainda que seu corpo de perdição, ele odiava a alma amorosa da mulher.

Muitas vezes sentira fixada em si a ternura delas e, embora se soubesse inatacável, ficava exasperado com essa necessidade de amar que vibrava sempre em todas elas.

Deus, a seu juízo, não havia criado a mulher senão para tentar o homem e colocá-lo à prova. Era necessário aproximar-se delas com precauções defensivas e com os receios que se têm das ciladas. Eram, de fato, muito semelhantes a uma armadilha, com seus braços estendidos e os lábios abertos em direção ao homem.

Era indulgente apenas com as religiosas, cujos votos as tornavam inofensivas; mas, mesmo assim, tratava-as duramente, porque, no fundo de seus corações aprisionados, de seus corações humilha-

---

[4] Referência à poesia "La colère de Samson" (A cólera de Sansão), de Alfred de Vigny: "La Femme, enfant malade et douze fois impure" (A Mulher, criança enferma e doze vezes impura)

[5] Danação: decadência moral completa, ruína

dos, percebia sempre viva aquela eterna ternura que chegava até mesmo a ele, embora fosse um padre.

Ele a percebia em seus olhares mais úmidos de piedade que os olhares dos monjes, em seus êxtases associados ao sexo, em seus arrebatamentos de amor a Cristo, que o indignavam, porque era amor de mulher, amor carnal; ele a percebia, aquela ternura maldita, mesmo em sua docilidade, na doçura das suas vozes falando-lhe, em seus olhos baixos, em suas lágrimas resignadas, quando as repreendia com rudeza.

Então, agitava sua batina, saindo das portas do convento, e afastava-se estendendo suas pernas como se fugisse diante de um perigo.

Ele tinha uma sobrinha que vivia com sua mãe em uma pequena casa vizinha. Obstinava-se[6] em fazer dela uma irmã de caridade.

Ela era bonita, estouvada e zombeteira[7]. Quando o abade lhe passava um sermão, ela ria; e, quando ele se zangava, ela o abraçava com veemência, apertando-o contra o coração, enquanto ele procurava involuntariamente desvencilhar-se daquele aperto, que, no entanto, fazia-o experimentar uma doce

---

[6] Obstinava-se: teimava, agarrava-se com firmeza a uma ideia
[7] Zombeteira: aquela que faz caçoada

alegria, despertando aquela sensação de paternidade que dormita no íntimo de todos os homens.

Falava frequentemente de Deus, de seu Deus, caminhando ao lado dela pelas trilhas do campo. Ela nada escutava, e olhava o céu, a relva, as flores, com uma tal alegria de viver que se podia ver em seus olhos. Algumas vezes se lançava para apanhar um inseto voador e gritava, trazendo-o:

– Olha, meu tio, como é bonito; tenho vontade de beijá-lo!

E essa necessidade de "beijar os insetos", ou as flores dos lilases, inquietava, irritava, provocava o padre, que ali reencontrava mais uma vez aquela inextirpável[8] ternura que germina sempre no coração das mulheres.

Eis que um dia a esposa do sacristão, que fazia a limpeza para o abade Marignan, informou-lhe, com precaução, que sua sobrinha tinha um namorado.

O padre sentiu uma terrível comoção e ficou sufocado, com o rosto coberto de espuma de sabão, porque ia barbear-se.

Quando se encontrou em estado de refletir e de falar, gritou:

---

[8] Inextirpável: que não pode ser arrancada

– Não é verdade, você está mentindo, Mélanie!

Mas a camponesa colocou a mão sobre o coração:

– Que Nosso Senhor me julgue se minto, sr. cura. Digo-lhe que ela vai lá todas as noites, assim que sua irmã se deita. Eles se encontram às margens do rio. O senhor pode ir lá ver entre dez horas e meia-noite.

Ele cessou de raspar o queixo e pôs-se a caminhar violentamente, como fazia sempre em suas horas de grave meditação. Quando quis recomeçar a barbear-se, cortou-se três vezes desde o nariz até a orelha.

Durante todo o dia permaneceu mudo, inchado de indignação e cólera. À sua ira de padre diante do invencível amor acrescentava-se uma exasperação de pai moral, de tutor, de responsável, enganado, roubado, iludido por uma criança; aquele sentimento egoísta de pais a quem a filha anuncia que, sem eles e apesar deles, fez a escolha de um marido.

Depois de jantar, tentou ler um pouco, mas não conseguiu, e exasperava-se cada vez mais. Quando soaram as dez horas, pegou sua bengala, um formidável bastão de carvalho do qual se servia sempre em suas caminhadas noturnas, quando ia ver algum enfermo. E olhava sorrindo o enorme cacete que fazia girar, no seu pulso sólido de campônio[9], em movimentos ameaçadores. Depois, subitamente, ergueu-o e, rangendo os dentes, abateu-o sobre uma cadeira, cujo espaldar[10], rachado, caiu sobre o soalho.

Abriu a porta para sair; mas parou na soleira, surpreso por um tal esplendor de luar que quase nunca se via.

Como era dotado de um espírito exaltado, um daqueles espíritos que deviam ter os Padres da Igreja[11], aqueles poetas sonhadores, sentiu-se de repente distraído, emudecido pela grandiosa e serena beleza da noite pálida.

Em seu pequeno jardim, todo banhado de luz suave, as árvores frutíferas dispostas em linha projetavam na alameda a sombra de seus delicados galhos mal revestidos de verde; a madressilva[12] gigante, enredada nas paredes de sua casa, exalava uma brisa deliciosa, como que açucarada, e fazia pairar na noite tépida e clara uma espécie de alma perfumada.

---

[9] Campônio: camponês, aquele que vive ou trabalha no campo
[10] Espaldar: parte da cadeira em que se apoiam as costas
[11] Padres da Igreja: também chamados de Santos Padres. Influentes teólogos, dos séculos II ao VII, cujos escritos foram utilizados como precedentes doutrinários para os séculos seguintes
[12] Madressilva: trepadeira de flores muito perfumadas

Pôs-se a respirar longamente, bebendo o ar como os bêbados bebem vinho, e caminhava a passos lentos, extasiado, maravilhado, quase se esquecendo de sua sobrinha.

Uma vez chegado ao campo, parou para contemplar toda a planície inundada por aquele clarão acariciante, submersa naquele encantamento terno e languescente[13] das noites serenas. Os sapos a todo instante lançavam no espaço sua nota curta e metálica, e os rouxinóis[14], ao longe, mesclavam sua música arpejada[15] que fazia sonhar sem fazer pensar, sua música ligeira e vibrante, feita para os amantes, seduzidos pelo luar.

O abade recomeçou a caminhada, o coração desfalecendo sem que soubesse por quê. Sentia-se, de repente, fragilizado, extenuado; tinha vontade de sentar-se, de permanecer lá, de contemplar, de admirar Deus em sua obra.

Adiante, acompanhando as ondulações do pequeno riacho, serpenteava uma grande fileira de álamos[16]. Uma cerração fina, um vapor branco,

---

[13] Languescente: que entristece, que abate
[14] Rouxinóis: pássaros, cujo canto melodioso é emitido pelos machos, especialmente à noite
[15] Arpejada: com acordes tocados em sequência
[16] Álamos: certo tipo de árvore

que os raios da lua atravessavam, prateando-a, tornando-a resplandecente, permanecia suspensa em torno e acima dos barrancos, envolvendo todo o curso tortuoso da água com uma espécie de algodão leve e transparente.

O padre mais uma vez parou, atingido até o fundo da alma por um enternecimento crescente, irresistível.

E uma dúvida, uma inquietude vaga, o invadia; sentia nascer-lhe uma daquelas interrogações que, às vezes, se colocava.

Por que Deus tinha feito aquilo? Já que a noite é destinada ao sono, à inconsciência, ao repouso, ao esquecimento de tudo, por que torná-la mais encantadora que o dia, mais doce que as auroras e que as tardes? E por que aquele astro lento e sedutor, mais poético que o sol, e que parece destinado – tão discreto é – a clarear as coisas delicadas e misteriosas demais para a grande luz, chegava a tornar tão transparentes as trevas?

Por que o mais hábil dos pássaros cantores não repousava como os outros e se punha a vocalizar na sombra perturbadora?

Por que aquele meio-véu jogado sobre o mundo? Por que aquele palpitar do coração, aquela emoção da alma, aquele enlanguescer da carne?

Por que aquela ostentação de seduções que os homens não podiam ver, já que estavam deitados em seus leitos? A quem se destinava aquele espetáculo sublime, aquela abundância de poesia lançada do céu sobre a terra?

E o abade nada compreendia.

Mas eis que acolá, na borda da campina, sob a abóbada das árvores mergulhadas na névoa resplandecente, duas sombras que caminhavam lado a lado apareceram.

O homem era mais alto e enlaçava o pescoço de sua namorada, e, de tempo em tempo, beijava-a na fronte. Eles deram vida subitamente àquela paisagem imóvel que os envolvia como se fora um quadro divino feito por eles. Pareciam, os dois, um só ser, o ser a quem era destinada aquela noite calma e silenciosa, e eles vinham em direção ao padre como uma resposta viva, a resposta que seu Mestre lançava à sua interrogação.

Ficou de pé, o coração batendo, agitado; e acreditava ver algo de bíblico, como os amores de Ruth e de Booz, o cumprimento de uma vontade do Senhor num daqueles grandes cenários[17] de

---

[17] Cenários: referência aos campos de trigo e cevada, onde se deram os primeiros encontros de Rute e Booz (Rt 2, 1-23)

que falam os santos livros. Em sua cabeça, zuniam os versículos do Cântico dos Cânticos[18], os gritos de ardor, os apelos dos corpos, toda a cálida poesia daquele poema ardente de ternura.

E falou consigo mesmo:

– Talvez Deus tenha feito essas noites para envolver com o véu de ideal os amores dos homens.

E recuava diante do casal abraçado que caminhava sempre. Todavia, era sua sobrinha; mas ele se perguntava agora se não iria desobedecer a Deus. E Deus não permite o amor, já que o cerca visivelmente de tal esplendor?

E ele fugiu, perdido, quase envergonhado, como se tivesse penetrado em um templo onde não tinha o direito de entrar.

---

[18] Cântico dos Cânticos: livro da Bíblia, cuja autoria é atribuída ao rei Salomão, em que se celebra numa série de poemas o amor mútuo de um Amado e de uma Amada

A CONFISSÃO DE
THÉODULE SABOT

Quando Sabot entrava na taverna de Martinville, todos riam antecipadamente. Sabot era um tipo de fato engraçado! Era daqueles que não gostava de padres, por exemplo! Ah! Não! Não! Na verdade, ele os devorava[1], o debochado.

Sabot (Théodule), mestre marceneiro, representava o partido progressista em Martinville. Era um homem alto e magro, de olhos cinzentos e dissimulados, cabelos colados às têmporas, lábios finos. Quando dizia "Nosso santo pai, o bêbado"[2], de modo muito engraçado, todo mundo se torcia de rir. Ele fazia questão de trabalhar aos domingos na hora da missa. Matava seu porco todos os anos na segunda feira da semana santa para ter morcela[3] até

---

[1] *Manger* ou *bouffer du curé*: expressão que designa um forte anticlericalismo
[2] O bêbado: em francês, *le paf*, trocadilho com *le pape*, o papa
[3] Morcela: espécie de linguiça feita de sangue de porco

a Páscoa[4], e, quando o padre passava, dizia sempre, à guisa de zombaria: "Aí vem um que acabou de beber seu bom Deus num cálice"[5].

O padre, gordo e também muito alto, temia-o por sua caçoada, que atraía seguidores. O abade Maritime era um homem político, amigo da diplomacia. A luta entre eles durava já dez anos, luta secreta, encarniçada, incessante. Sabot era conselheiro municipal. Acreditava-se que ele seria prefeito, o que certamente significaria a derrocada definitiva da Igreja.

As eleições iam acontecer. A facção religiosa tremia em Martinville. Ora, uma manhã, o cura partiu para Ruão, anunciando à sua "criada" que ia ao arcebispado.

Voltou dois dias mais tarde. Tinha o ar alegre, triunfante. E todo mundo soube no dia seguinte que o coro da igreja ia ser reformado. Uma soma de 600 francos tinha sido doada pelo Monsenhor, de sua reserva pessoal.

---

[4] Até a Páscoa: referência à obrigatoriedade de abstenção de carne, na época, praticada pela Igreja católica durante a Semana-Santa

[5] Referência ao dogma da transubstanciação da Igreja católica, segundo o qual, na missa, o vinho e o pão se transformam em sangue e corpo de Cristo

Todas as antigas estalas[6] de pinho deviam ser destruídas e substituídas por estalas novas feitas do melhor carvalho. Era um considerável trabalho de marcenaria, do qual se falava, naquela mesma noite, em todas as casas.

Théodule Sabot não ria.

Quando saiu no dia seguinte pelo vilarejo, os vizinhos, amigos ou inimigos, perguntavam-lhe, de zombaria:

– É você que vai fazer o coro da igreja?

Ele não achava o que responder, mas enfurecia-se, enfurecia-se muito.

Os maldosos acrescentavam:

– É uma boa obra; não dará menos que 200 a 300 de lucro.

Dois dias mais tarde, sabia-se que a reforma seria confiada a Célestin Chambrelan, o marceneiro de Percheville. Depois, desmentiram a notícia, depois, anunciaram que todos os bancos da igreja também iam ser refeitos. Aquilo valia bem dois mil francos, pedidos ao ministério. A emoção foi grande.

Théodule Sabot não dormia mais. Jamais, na memória de alguém, um marceneiro da região

---

6 Estalas: cadeiras com assentos dobráveis

tinha executado semelhante tarefa. Depois, correu um rumor. Diziam à boca pequena que o padre se lamentava por entregar aquele trabalho a um trabalhador estranho à comunidade, mas as opiniões de Sabot, entretanto, opunham-se ao que lhe seria confiado.

Sabot o soube. Dirigiu-se ao presbitério ao cair da noite. A empregada respondeu-lhe que o cura estava na igreja. Ele foi até lá.

Duas filhas de Maria[7], solteironas passadas, decoravam o altar para o mês da Virgem, sob a direção do padre. De pé, no meio do coro, inflando seu ventre enorme, dirigia o trabalho das duas mulheres, que, em cima de cadeiras, dispunham buquês em torno do tabernáculo[8].

Sabot sentia-se constrangido lá dentro, como se tivesse entrado na casa de seu maior inimigo, mas o interesse no ganho roía-lhe as entranhas. Aproximou-se, boné na mão, sem se preocupar com as filhas de Maria que permaneciam espantadas, estupefatas, imóveis em suas cadeiras.

Ele balbuciou:

---

[7] Filhas de Maria: mulheres membras de uma congregação religiosa que tem a Virgem Maria como orientação devocional

[8] Tabernáculo: local onde são guardados objetos sagrados, sacrário

– Bom dia, senhor vigário.

O padre respondeu sem olhá-lo, todo ocupado com seu altar.

– Bom dia, senhor marceneiro.

Sabot, desorientado, não achava mais nada para dizer. Depois de um silêncio, disse:

– O senhor faz os preparativos?

– Sim, estamos nos aproximando do mês de Maria[9].

Sabot, então, pronunciou "Isso, isso", depois se calou.

Tinha vontade agora de retirar-se sem falar nada, mas uma olhadela no coro o reteve. Percebeu 16 estalas para refazer, seis à direita e oito à esquerda, a porta da sacristia ocupando dois lugares. Dezesseis estalas em carvalho, o que valia no máximo 300 francos, e, trabalhando-as bem, certamente se podiam ganhar 200 francos sobre o trabalho, se não se fosse desajeitado.

Então, grunhiu:

– Venho pela obra.

O vigário pareceu surpreso. Perguntou:

– Que obra?

---

[9] Mês de Maria: tradicionalmente, ao menos desde a Idade Média, maio é o mês dedicado a Maria

Sabot, perdido, murmurou:

– A obra a fazer.

Então o padre voltou-se para ele e o olhou nos olhos.

– Você quer dizer das reformas do coro de minha igreja?

Ao tom usado pelo abade Maritime, Théodule Sabot sentiu um frêmito percorrer-lhe o dorso, e teve um forte desejo de escapar. Entretanto, respondeu com humildade:

– Mas, sim, senhor padre.

Então o abade cruzou os braços sobre sua grande pança e, como que paralisado de estupefação:

– Mas é você... você... você, Sabot... que vem me pedir isso... Você... o único ímpio[10] de minha paróquia... Seria um escândalo, um escândalo público. O Monsenhor me censuraria, me transferiria, talvez.

Respirou alguns segundos, depois retomou num tom mais calmo:

– Compreendo que lhe seja penoso ver um trabalho dessa importância confiado a um marceneiro de uma paróquia vizinha. Mas não posso

---

[10] Ímpio: aquele que não tem fé ou que tem desprezo pela religião

fazer de outro modo, a menos que... mas não... é impossível... Você nunca consentiria, e, sem isso, jamais.

Sabot agora olhava a fila de bancos alinhados até a porta de saída. Caramba! E se refizerem tudo isso?

Então, perguntou:

– De que o senhor necessita? Diga.

O padre, em tom firme, respondeu:

– Necessitaria de uma prova incontestável de sua boa vontade.

Sabot murmurou:

– Não digo que não. Não digo que não. Pode ser que a gente entre em acordo!

O vigário declarou:

– É preciso comungar publicamente na grande missa do próximo domingo.

O marceneiro sentiu-se empalidecer e, sem responder, perguntou:

– E os bancos, vão ser todos refeitos?

O abade respondeu com segurança:

– Sim, mas mais tarde.

Sabot continuou:

– Não digo que não, não digo que não. Não renego o que penso, mas aceito a religião, por certo; o que me contraria é a prática, mas, nesse caso, não me mostrarei refratário[11].

As filhas de Maria, descidas de suas cadeiras, estavam escondidas atrás do altar e escutavam pálidas de emoção.

O vigário, vendo-se vitorioso, tornou-se subitamente amigável, íntimo:

– Até que enfim, até que enfim. Eis aí uma palavra sábia, e nada idiota, entendeu? Você verá, você verá.

Sabot sorria com um ar pouco à vontade. Perguntou:

– E haverá um meio de adiar um bocadinho esta comunhão?

Mas o padre retomou seu aspecto severo:

– No momento em que os trabalhos lhe sejam confiados, quero estar certo de sua conversão.

Depois continuou mais docemente:

– Você virá confessar-se amanhã; porque será preciso que eu o examine ao menos duas vezes.

Sabot repetiu:

– Duas vezes?

– Sim.

O padre sorria:

---

[11] Refratário: que resiste às leis ou a princípios de autoridade

– Você compreende que lhe será necessária uma limpeza geral, uma lixívia[12] completa. Portanto, espero-o amanhã.

O marceneiro, muito agitado, perguntou:

– Onde o senhor faz isso?

– Ora, no confessionário[13].

– Naquela caixa, lá, no canto? É que ... é que... não me é conveniente, a sua caixa.

– Por quê?

– Veja que... veja que não estou acostumado com aquilo. E veja também que sou um pouco surdo.

O padre mostrou-se complacente:

– Está bem! Você virá à minha casa, na minha sala. Faremos isso só nós dois, cara a cara. Está bem assim?

– Sim, assim sim, mas em sua caixa, não.

– Então até amanhã, depois de cumpridos os afazeres, às seis horas.

– Combinado, está tudo certo, está combinado; até amanhã, senhor cura. E dane-se quem voltar atrás!

---

[12] Lixívia: lavagem com barrela (caldo vegetal) ou soda

[13] Confessionário: espécie de armário, com porta e janelinhas laterais, dentro do qual o confessor ouve a confissão dos pecados

E estendeu sua grande mão rude, na qual o padre deixou cair ruidosamente a sua.

O barulho do estalo correu sob as abóbadas e foi morrer lá atrás dos tubos do órgão.

Théodule Sabot não ficou tranquilo durante todo o dia seguinte. Experimentava alguma coisa análoga à apreensão que se tem quando se deve extrair um dente. A todo momento aquele pensamento lhe vinha: "É preciso me confessar esta noite". E sua alma agitada, uma alma de ateu não de todo convicto, transtornava-se diante do medo confuso e poderoso do mistério divino.

Dirigiu-se ao presbitério assim que terminou seu trabalho. O vigário o esperava no jardim, lendo o breviário[14] enquanto caminhava ao longo de uma pequena alameda. Parecia radiante e o abordou com um forte riso :

– Muito bem, eis-nos aqui! Entre, entre, senhor Sabot, que ninguém vai comê-lo.

Sabot entrou primeiro. Balbuciou:

– Se não tiver nada contra, eu gostaria de terminar incontinente[15] nossa tarefinha.

---

[14] Breviário: livro que reúne orações, salmos etc. que os sacerdotes rezam diariamente

[15] Incontinente: sem demora, imediatamente

O padre respondeu:

– Como queira. Tenho aqui minha sobrepeliz[16]. Um minuto e eu o escuto.

O marceneiro, perturbado a ponto de não unir duas ideias, olhava-o cobrir-se com a vestimenta branca de pregas plissadas[17]. O padre fez-lhe um sinal:

– Fique de joelhos sobre esta almofada.

Sabot permanecia em pé, envergonhado de ter de se ajoelhar. Gaguejou:

– É mesmo necessário?

Mas o abade tornara-se majestoso:

– Não se pode aproximar do tribunal da penitência senão de joelhos.

E Sabot ajoelhou-se.

O padre disse:

– Recite o *Confiteor*[18].

Sabot perguntou:

– O que é isso?

– O *Confiteor*. Se não sabe, repita uma a uma as palavras que vou pronunciar.

---

[16] Sobrepeliz: espécie de capa que os padres usam sobre a batina
[17] Pregas plissadas: pregas feitas no tecido, com máquina apropriada
[18] *Confiteor*: oração da liturgia católica que se inicia por essa palavra

E o cura articulou a reza sagrada, com voz lenta, escandindo[19] as palavras que o marceneiro repetia; depois ele disse:

– Agora, confesse-se.

Mas Sabot não dizia mais nada, não sabendo por onde começar.

Então o abade Maritime veio em seu auxílio.

– Meu filho, eu vou interrogá-lo, já que parece que você não está muito a par. Vamos tomar um a um os mandamentos de Deus. Escute-me e não se aflija. Fale bem francamente e não tema falar demais.

Amarás a um só Deus sobre todas as coisas.

– Você amou alguém ou alguma coisa tanto quanto a Deus? Você O amou com toda a sua alma, de todo o seu coração, com toda a força de seu amor?

Sabot suava do esforço de seu pensamento. Ele respondeu:

– Não. Oh, não, senhor padre. Amo o bom Deus tanto quanto posso. Isso – sim – eu o amo muito. Dizer que não amo meus filhos, não: eu não posso. Dizer que se fosse preciso escolher entre eles e o bom Deus, a isso não posso responder. Dizer

---

[19] Escandindo: acentuando a entonação

que, se fosse necessário perder 100 francos pelo amor do bom Deus, a isso eu não posso responder. Mas eu o amo muito, com certeza, ainda assim eu o amo muito.

O padre, grave, pronunciou:

– É preciso amá-lo mais que tudo.

E Sabot, cheio de boa vontade, declarou:

– Farei o possível, senhor cura.

O abade Maritime retomou:

Não tomarás o nome de Deus em vão.

– Alguma vez você pronunciou alguma blasfêmia[20]?

– Não. Oh, isso não! Eu não blasfemo jamais, jamais. Algumas vezes, em um momento de cólera, eu até digo o nome de Deus! Mas eu nunca blasfemo.

O padre exclamou:

– Mas isso é blasfemar!

E gravemente:

– Não o faça mais. Continuemos.

Guardarás os domingos, servindo devotamente a Deus.

– O que faz você aos domingos?

---

[20] Blasfêmia: palavra ou expressão que insulta o que é considerado sagrado

Dessa vez, Sabot ficou embaraçado:

– Mas sirvo ao bom Deus do meu melhor jeito, senhor cura. Eu o sirvo... em minha casa. Trabalho aos domingos...

O padre, magnânimo, interrompeu-o:

– Eu sei, você fará melhor no futuro. Vou pular os três mandamentos seguintes, certo de que você não pecou contra os dois primeiros. Veremos o sexto com o nono. Recomecemos:

Não tomarás os bens de outrem, nem os reterás sabendo que não é teu

– Você desviou, por qualquer meio, o bem de outrem?

Théodule Sabot indignou-se:

– Ah, não. Claro que não! Sou um homem honesto, senhor padre. Sou-o com certeza, eu juro. Dizer que, vez por outra, eu não tenha contado algumas horas a mais de trabalho aos clientes que têm posses, isso eu não digo que não. Dizer que não acrescento alguns centavos a mais na nota, somente alguns centavos, isso eu não digo que não. Mas roubar, não! Ah, isso, nunca!

O vigário retomou severamente:

– Desviar um só centavo constitui um roubo. Não o faça mais.

Não prestarás falso testemunho, nem mentirás.
– Você mentiu?
– Não, não mesmo. Não sou nenhum mentiroso. É minha qualidade. Dizer que nunca contei alguma bazófia[21], isso eu não digo que não. Dizer que nunca fiz alguém acreditar no que não era, quando era de meu interesse, isso eu não digo que não. Mas mentiroso, eu não sou mentiroso de jeito nenhum.

O padre disse simplesmente:
– Observe-se melhor.

Depois, pronunciou:
Não cairás na tentação da carne, a não ser dentro do casamento.

– Você já desejou ou possuiu alguma outra mulher que não a sua?

Sabot exclamou com sinceridade:
– Isso não; oh, isso não, senhor padre! Minha pobre mulher, enganá-la! Não! Não! Nem um pouquinho; nem em pensamento nem em ação. É verdade mesmo.

Calou-se alguns segundos, depois, mais baixo, como se uma dúvida lhe viesse:
– Quando vou à cidade, dizer que não vou jamais a uma casa, o senhor sabe, a uma casa de

---

[21] Bazófia: fanfarronice, bravata, mentira

tolerância[22], para rir e divertir-me um bocadinho e para mudar de corpo para experimentar, isso eu não digo... Mas eu pago, senhor padre, eu sempre pago, e, desde que se pague e ninguém o veja ou o conheça, não há confusão.

O padre não insistiu e deu-lhe a absolvição.

Théodule Sabot executa os trabalhos do coro e comunga todos os meses.

---

[22] Casa de tolerância: bordel, prostíbulo